Inacceptable trahison

Chères lectrices,

En ce doux mois de septembre, je suis très heureuse de partager avec vous le plaisir d'une nouvelle trilogie, « La saga des Gambrelli » de Penny Jordan. Grâce à la magie des mots, nous plongerons dans les eaux transparentes de la Méditerranée pour rejoindre la Sicile, cette île aux paysages sauvages et splendides, à l'Histoire tourmentée et passionnée. Dans ce cadre à nul autre pareil, nous découvrirons le destin de trois frères siciliens, les Leopardi — tous trois beaux, célibataires et richissimes —, chargés par leur père de retrouver l'héritier perdu de la famille. Dans le premier volume, Rocco, le plus jeune fils, pense avoir trouvé les traces de cet enfant. Mais rien ne va se passer comme il le pensait…

Par ailleurs, vous le savez, s'achève ce mois-ci la merveilleuse trilogie de Sandra Marton, « Irrésistibles cheikhs », dont les princes du désert nous ont fait rêver et vibrer au rythme de leurs aventures romanesques. Ne ratez pas le dernier épisode !

Je vous invite également à savourer la lecture des volumes doubles de septembre (pour encore plus de plaisir !), sans oublier bien sûr tous les autres romans que j'ai choisis pour vous.

Très bonne lecture !

La responsable de collection

AMANDA BROWNING

Inacceptable trahison

COLLECTION AZUR

*éditions*Harlequin

Cet ouvrage a été publié en langue anglaise
sous le titre :
THE MILLIONAIRE'S MARRIAGE REVENGE

Traduction française de
ELISABETH MARZIN

83-85, boulevard Vincent-Auriol, 75013 PARIS — Tél. : 01 42 16 63 63

Service Lectrices — Tél. : 01 45 82 47 47
www.harlequin.fr

ISBN 978-2-2808-0967-2 — ISSN 0993-4448

Prologue

Sofie Antonetti s'étira avec volupté, tandis qu'un délicieux arôme lui chatouillait l'odorat.

— Mmm…

Elle ouvrit les yeux et rencontra le regard attendri de son mari.

— Je savais que j'avais une excellente raison de t'épouser. Tu fais merveilleusement bien le café !

Une lueur malicieuse s'alluma dans les yeux turquoise de Lucas.

— Seulement le café ?

Avec un petit soupir sensuel, Sofie promena les doigts sur son torse musclé.

— Je reconnais que tu es également très doué pour l'amour, mais pour l'instant, c'est du café que je veux !

Lucas rit, déposa un baiser sur ses lèvres et attendit qu'elle se redresse dans le lit pour lui tendre une tasse.

Puis il prit un paquet sur la coiffeuse.

Encore un cadeau ! songea Sofie. A leur retour des Seychelles, où ils étaient partis un mois en voyage de noces, ils avaient ouvert une montagne de paquets. Mais apparemment, ce n'était pas encore terminé.

— Qu'est-ce que c'est ?

— Les photos du mariage prises par Jack, répondit Lucas en la rejoignant sur le lit.

— Oh, je meurs d'envie de les voir !

Ils avaient reçu les photos officielles depuis longtemps, mais son collègue Jack, photographe comme elle, avait tenu à apporter sa contribution à l'événement.

Le paquet contenait un magnifique album relié de cuir blanc, qu'elle s'empressa d'ouvrir. Comme il fallait s'y attendre, Jack avait fait un travail extraordinaire…

Mais très vite, assaillie par une foule de souvenirs, elle oublia l'aspect technique des clichés. Quelle journée merveilleuse ! Un soleil radieux, les nombreux invités ravis… Après une cérémonie très émouvante, la réception s'était déroulée dans une atmosphère particulièrement chaleureuse. Même dans ses rêves les plus fous, Sofie n'aurait pas pu imaginer un mariage aussi réussi. Et le simple fait de revoir Lucas en habit faisait battre son cœur. Comme il était beau ! Même si elle le préférait encore tel qu'il était en ce moment, uniquement vêtu d'une serviette nouée sur les reins…

Ils ne se connaissaient que depuis quelques mois et leur histoire avait tout du conte de fées. Un coup de foudre réciproque les avait jetés dans les bras l'un de l'autre à Bali, où chacun se trouvait en vacances. Ils avaient eu tout juste le temps de faire connaissance, avant qu'elle soit obligée de repartir pour l'Angleterre, la mort dans l'âme, persuadée que leur aventure resterait sans lendemain.

Mais Lucas était bien décidé à la revoir. A son insu, il s'était arrangé pour qu'elle soit chargée de prendre les photos officielles du nouveau siège londonien d'Antonetti Corporation, entreprise fondée par son père et dont il était le directeur général.

Le premier jour de sa mission, elle avait été si stupéfaite de le revoir qu'elle s'était pris le pied dans le tapis de son bureau. Il s'était précipité vers elle pour l'empêcher de tomber.

— Je n'avais pas prévu de te le dire tout de suite, mais je suis incapable d'attendre plus longtemps. Je t'aime, avait-il déclaré d'une voix vibrante d'émotion en la serrant dans ses bras.

Etourdie de bonheur, elle avait répliqué dans un souffle :

— Je t'aime aussi.

Ils s'étaient embrassés avec ferveur et leur amour de vacances avait abouti au plus beau des mariages. Après avoir dansé toute la nuit, ils s'étaient envolés à l'aube pour les Seychelles, où ils avaient passé quatre semaines fantastiques.

Comme c'était émouvant de revivre le plus beau jour de sa vie ! songea Sofie en regardant une photo sur laquelle elle dansait avec son père. Ce dernier n'avait pas cessé de lui répéter qu'elle était magnifique et elle en avait eu les larmes aux yeux. D'ailleurs, ça recommençait... La gorge nouée, elle prit une profonde inspiration.

— Aïe, voilà ma tante avec son horrible chapeau ! s'exclama Lucas en grimaçant.

Sofie jeta un coup d'œil à la photo de groupe prise à la sortie de l'église.

— Je ne me souviens pas avoir vu tout ce monde, poursuivit Lucas. Mais il est vrai que je n'avais d'yeux que pour toi. Tiens, cet homme, par exemple. Sa tête ne me dit rien du tout. Ça doit être un de tes invités.

— Où ça ?

— Juste là, répondit Lucas en indiquant quelqu'un au dernier rang de la foule.

Elle sentit son sang se glacer. Non, pas lui ! Comment avait-il pu se glisser parmi les invités sans qu'elle s'en aperçoive ?

— Tu ne le connais pas non plus ?

La voix de Lucas la fit tressaillir. Seigneur ! Elle était tellement effarée qu'elle en avait presque oublié sa présence...

Submergée par une angoisse familière, elle dut faire appel à toute sa volonté pour garder son sang-froid. Il ne fallait surtout pas éveiller la curiosité de Lucas...

— Non, je ne vois pas qui c'est… Sans doute est-il venu avec quelqu'un que nous connaissions et nous n'avons pas eu le temps de lui parler.

Dieu merci, sa voix était à peu près normale… En revanche, elle avait de plus en plus de mal à maîtriser ses tremblements. Or, il fallait éviter à tout prix que Lucas s'aperçoive de son trouble et lui pose des questions. Il y en avait déjà suffisamment qui tourbillonnaient dans son esprit…

Jetant un coup d'œil ostensible au réveil, elle s'exclama :

— Mon Dieu, tu as vu l'heure ? Nous allons être en retard !

Rejetant les draps, elle bondit hors du lit et saisit son peignoir sur un fauteuil.

— Tu as rendez-vous très tôt avec… machin ! Tu vois qui je veux dire… Prends la salle de bains. Je vais me doucher au bout du couloir.

Elle prit quelques vêtements à la hâte et courut jusqu'à la salle de bains d'une des chambres d'amis. Après avoir tiré le verrou, elle lâcha les vêtements et s'adossa contre la porte. Elle tremblait de tous ses membres. Pourquoi maintenant ? se demanda-t-elle avec désespoir en se laissant glisser à terre. Il y avait des années qu'elle ne l'avait pas revu… Dire qu'elle se croyait enfin débarrassée de lui ! Cette photo prouvait à quel point elle se trompait… Les joues ruisselantes de larmes, elle enfouit son visage dans ses mains. Il était présent à l'église ! Et il s'était arrangé pour figurer sur une photo, sachant pertinemment qu'elle finirait par le voir…

Prise de nausée, elle eut tout juste le temps de se précipiter vers les toilettes. Ensuite, elle se passa le visage sous l'eau et s'appuya de nouveau contre le mur, l'estomac noué. Elle avait eu la naïveté de se croire libre, mais rien n'avait changé. Gary Benson était toujours là.

Dire qu'au début, elle le trouvait charmant !

Elle avait dix-neuf ans lorsqu'ils s'étaient rencontrés à l'université, où ils étaient tous deux étudiants en photographie. D'abord touchée par ses attentions, elle s'était rapidement rendu compte qu'il lui témoignait un attachement excessif. Après quelques rendez-vous, elle avait mis fin à leur relation, étouffée par sa possessivité. Malheureusement, il n'avait pas renoncé à elle, et il s'était convaincu que ses sentiments ne pouvaient être que partagés. Il s'était mis à lui téléphoner jour et nuit, à l'attendre pendant des heures devant chez elle et à la suivre dans la rue.

Ses parents avaient fini par porter plainte, mais ça ne l'avait pas empêché de continuer à la harceler. Rien ne semblait pouvoir l'en empêcher. Il se volatilisait toujours avant d'être arrêté pour réapparaître quelques jours plus tard.

Pendant presque deux ans, elle avait vécu un véritable cauchemar, puis brusquement il avait disparu. Elle n'avait jamais su pourquoi. Au début elle n'avait pas osé y croire. Mais avec le temps, elle avait fini par se dire qu'il avait trouvé une autre victime sur qui reporter son « affection ». Avec soulagement, elle avait repris une vie à peu près normale.

Malgré tout, cette expérience l'avait rendue vulnérable et elle éprouvait à l'égard des hommes une méfiance insurmontable. Incapable d'envisager de nouer une relation intime, elle s'était réfugiée dans le travail.

C'était sa rencontre avec Lucas qui l'avait sauvée. Avec lui, elle avait enfin osé accorder de nouveau sa confiance à un homme. Et le souvenir de Gary Benson s'était effacé de sa mémoire… Jusqu'à aujourd'hui. Pourquoi fallait-il qu'il réapparaisse après tout ce temps ? Et comment avait-il osé venir à son mariage ? De toute évidence, il n'était toujours pas guéri de son obsession.

A cette pensée, elle fut submergée par une bouffée de rage. S'imaginait-il vraiment qu'il pouvait recommencer à la harceler ? Elle ne se laisserait pas faire ! Pour commencer, elle allait prévenir la police… Elle se mordit la lèvre. Pour l'instant, Gary Benson n'avait rien fait de plus que figurer sur une photo de mariage, un mariage où il n'avait pas sa place. Ce qui pouvait difficilement être qualifié de harcèlement…

Que faire ? Le plus sage aurait été de se confier à Lucas, bien sûr. A présent qu'elle avait repris ses esprits, elle en mourait même d'envie. Mais il était absorbé par des négociations délicates pour le rachat d'une entreprise et elle n'avait aucune envie de le perturber. Mieux valait attendre quelques jours. Sa simple présence à ses côtés lui donnerait le courage nécessaire. Oui, mieux valait attendre.

Malgré tout, savoir Benson quelque part dans les parages était extrêmement déstabilisant, songea-t-elle en réprimant un frisson. La photo n'était qu'un avertissement. Une manière de se rappeler à son souvenir. Nul doute qu'il ne tarderait pas à prendre contact avec elle.

Elle prit une profonde inspiration. Eh bien qu'il essaie ! Elle n'était plus la jeune fille sans défense d'autrefois.

Des coups frappés à la porte la firent tressaillir.

— Tu t'es rendormie, *amore* ?

Le cœur battant à tout rompre, elle bondit sur ses pieds.

— Je suis presque prête ! mentit-elle en ôtant son peignoir et en entrant sous la douche. Fais-moi griller des toasts, s'il te plaît !

Elle se sentait incapable d'avaler quoi que ce soit, mais il fallait à tout prix faire comme si de rien n'était. Juste quelques jours. Le temps que Lucas soit moins accaparé par ses affaires.

Après s'être lavée et habillée en un temps record, elle descendit dans la cuisine. En voyant Lucas assis à table devant un bol de céréales, elle sentit l'émotion lui nouer la gorge. Comme elle l'aimait…

Il leva les yeux et plissa le front en la voyant immobile sur le seuil.

— Que se passe-t-il, *cara* ?

Accrochant un sourire à ses lèvres, elle secoua la tête.

— Rien. J'étais juste en train de me dire que je t'aimais.

Il tendit la main.

— Viens ici et répète-moi ça.

Elle s'assit sur ses genoux et passa une main dans ses épais cheveux noirs.

— Je t'aime, Lucas. Je ne peux pas imaginer la vie sans toi.

— C'est une chance parce que moi aussi je suis incapable de vivre sans toi. Et si je n'avais pas cette fichue réunion dans une heure, je te prouverais immédiatement à quel point je t'aime.

Elle eut un pincement au cœur. Si seulement ils pouvaient retourner au lit et oublier le monde qui les entourait ! Malheureusement, c'était impossible…

— Tu peux peut-être me donner au moins un début de preuve ? demanda-t-elle en s'efforçant de prendre un ton léger.

— Oui, je pense que ça doit pouvoir se faire.

La renversant en arrière, il s'empara de sa bouche dans un baiser fougueux.

— Ce n'était peut-être pas une très bonne idée, murmura-t-il quelques instants plus tard en s'arrachant à ses lèvres avec un gémissement de frustration. Mais je reprendrai cette démonstration ce soir, dès mon retour.

Sofie sauta de ses genoux avec une moue résignée.

— La journée va être très longue…

Il se leva avec un sourire.

— Oui, mais nos retrouvailles n'en seront que plus savoureuses… Il faut que j'y aille, *cara*, ajouta-t-il en prenant son blouson sur le dossier de sa chaise. Et n'oublie pas de penser à moi qui m'ennuierai ferme en réunion, pendant que tu t'adonneras à ta passion pour la photo.

Comment pourrait-elle oublier ? se demanda-t-elle en l'accompagnant jusqu'au porche de leur maison de Hampstead. Jamais il ne quittait ses pensées une seule seconde.

Comme à l'accoutumée, elle attendit qu'il démarre pour lui adresser un dernier signe de la main avant de rentrer. Mais alors qu'elle s'apprêtait à rentrer, un mouvement de l'autre côté de la rue attira son attention. En reconnaissant l'homme qui sortait de l'ombre d'un arbre, elle sentit son estomac se nouer. C'était la dernière personne à qui elle avait envie de parler ! Malheureusement, elle n'avait pas le choix. Il fallait l'affronter.

Prenant une profonde inspiration, elle croisa les bras et descendit les marches du perron.

Gary Benson traversa la rue et s'arrêta de l'autre côté du portail.

— Bonjour, Sofie, déclara-t-il avec le plus grand naturel, comme s'ils s'étaient vus la veille.

Elle darda sur lui un regard glacial.

— Que veux-tu ?

— Toi, répondit-il sans se démonter. Depuis toujours.

Elle s'exhorta au calme. Inutile de s'emporter. L'expérience lui avait malheureusement appris que la colère n'avait aucun effet sur lui.

— C'est impossible. Je suis mariée, tu te souviens ?

Cette question déclencha un petit rire ravi.

— Je savais que tu me verrais sur la photo.

— Tu n'avais rien à faire là.

Comme à son habitude, il ignorait ce qu'il n'avait pas envie d'entendre…

— Comment as-tu pu l'épouser ? C'est moi que tu aimes ! Tu m'appartiens.

Elle secoua la tête, découragée. Toujours les mêmes propos délirants…

— Non, je ne t'aime pas. C'est mon mari que j'aime. Pas toi.

— C'est ce que tu crois, mais quand il sera parti tu te rendras compte de ton erreur. Tu verras.

— Il ne partira pas. C'est toi qui vas t'en aller. Et ne reviens plus, c'est inutile.

Gary Benson eut un sourire suffisant.

— Voyons, Sofie, tu sais bien que tu n'en penses pas un mot.

Elle serra les dents. Impossible de lui faire entendre raison… C'était à hurler !

— Je suis très sérieuse et si tu continues à me harceler, j'appellerai la police.

— Ça ne servira à rien. Tu n'as rien à me reprocher. Et tu sais parfaitement que je ne te ferai jamais de mal. Je veux juste vivre avec toi.

Elle s'esclaffa.

— Tu es complètement fou !

Le visage de Gary Benson se crispa.

— Ne te moque pas de moi, Sofie ! s'écria-t-il. Je ne supporterai pas que tu te moques de moi !

Puis il tourna les talons et s'éloigna à grands pas.

Sofie le suivit des yeux jusqu'à ce qu'il disparaisse au coin de la rue. C'était la première fois qu'elle le voyait perdre son calme. Manifestement, elle avait réussi à le blesser. Peut-être cela suffirait-il à le tenir à distance… Elle rentra chez elle avec une lueur d'espoir.

Pour le dîner, elle prépara un menu de fête. Le lendemain, Lucas partait en déplacement pour une semaine et elle voulait lui offrir une soirée spéciale. Après avoir préparé son plat favori, elle prit un long bain moussant qui laissa sa peau douce et parfumée. Puis elle enfila un ensemble pantalon de soie écrue et se maquilla avec soin. Une fois prête, elle redescendit au rez-de-chaussée en chantonnant pour préparer des cocktails.

Un quart d'heure plus tard, elle entendit la porte d'entrée s'ouvrir et un long frisson la parcourut. Elle courut dans le hall pour accueillir Lucas.

— Bonsoir, murmura-t-elle avec un sourire sexy en se jetant à son cou.

— Bonsoir, répliqua-t-il en riant.

Il laissa tomber son porte-documents pour la serrer dans ses bras.

— A quoi dois-je cet accueil ?

— Tu m'as manqué, c'est tout.

— Toi aussi tu m'as manqué, *cara*.

Il s'empara de sa bouche dans un baiser passionné auquel elle s'abandonna tout entière. Lorsqu'il s'arracha à ses lèvres quelques instants plus tard, ni l'un ni l'autre ne songeait à dîner.

— Je ne sais pas ce que tu en penses, mais j'ai très envie d'aller directement au lit, murmura Lucas d'une voix rauque.

Elle effleura ses lèvres du bout des doigts.

— Et moi qui t'ai préparé ton plat favori ! répliqua-t-elle avec une mine faussement déçue. Je pensais que tu aurais faim.

Il la souleva de terre.

— J'ai très faim… de toi !

— Alors laisse-moi baisser le four. Nous dînerons plus tard.

Il fit un détour par la cuisine avant de la porter jusqu'à leur chambre, où ils se déshabillèrent mutuellement avec frénésie. Se jetant l'un sur l'autre, ils tombèrent enlacés sur le lit. La perspective de leur séparation prochaine décupla la passion qui les consumait. Plus rien n'existait que leurs corps enchevêtrés. Tandis qu'ils se couvraient de caresses et de baisers de plus en plus fiévreux, la pièce résonnait de leurs soupirs et de leurs cris mêlés.

Le désir qui les dévorait était trop impérieux pour qu'ils parviennent à l'endiguer très longtemps. Nouant les jambes sur les reins de Lucas, Sofie l'accueillit au cœur de sa féminité brûlante. Emportés dans un tourbillon de sensualité débridée, ils se fondirent l'un dans l'autre, impatients de se dissoudre dans le plaisir suprême. Ce dernier les submergea bientôt, leur arrachant un même cri.

Un long moment plus tard, ils reprirent peu à peu conscience, moulus et comblés. Sofie laissa échapper un petit soupir. Cette semaine allait être interminable… Assaillie par une bouffée de tristesse, elle se blottit contre Lucas et ferma les yeux.

— J'aimerais tellement que tu ne sois pas obligé de partir…

Il déposa un baiser sur son front.

— Moi aussi, *cara*. Mais je ne serai absent qu'une semaine. Ça va passer très vite. N'oublie pas que nous avons toute la vie devant nous.

Un peu réconfortée, elle eut un sourire rêveur.

— Toute la vie… Hmm… Quelle perspective réjouissante…

Elle étouffa un bâillement. Lucas avait raison. Une semaine, ça passait très vite.

Rassérénée, elle s'endormit. Un instant plus tard, Lucas la rejoignit dans le sommeil.

Les jours suivants, Sofie fut absorbée par son travail. Le photographe pour qui elle travaillait lui confia plusieurs missions qui lui permirent de ne pas voir passer les journées.

Cependant, Lucas lui manquait terriblement et chaque soir elle attendait son coup de téléphone avec impatience. Le son de sa voix la réconfortait un peu, même s'il ne suffisait pas à combler le vide dans leur lit.

Le mercredi matin, elle reprit courage. Plus que deux jours et Lucas serait de retour… Mais quand il téléphona le soir, elle déchanta.

— Je suis désolé, *cara*. Ça ne se passe pas exactement comme prévu. Je vais être obligé de rester quelques jours de plus.

— Oh, non ! s'exclama-t-elle, les larmes aux yeux.

— Moi aussi je suis très frustré, *amore*. Mais je ne peux pas faire autrement. J'ai trop travaillé sur ce projet pour risquer un échec. Tu comprends, n'est-ce pas ?

Elle réprima un soupir. Bien sûr, elle comprenait… Mais ça ne suffisait pas à la réconforter.

— Oui, ne t'inquiète pas, répondit-elle en s'efforçant de prendre un ton enjoué.

Un rire féminin en arrière-plan la fit tressaillir.

— Que se passe-t-il ?

— Oh, juste des collègues. Nous faisons une pause au bord de la piscine. Ecoute, *cara,* je n'ai pas beaucoup de temps. Rappelle-toi juste que je t'aime et que je serai de retour dès que possible. D'accord ?

— D'accord. Je t'aime aussi.

Elle raccrocha, le cœur lourd. Ces quelques jours supplémentaires sans Lucas allaient être interminables. Mais elle n'avait pas d'autre choix que de prendre son mal en patience.

Cette nuit-là elle dormit très mal et le lendemain matin elle se réveilla en retard. Après s'être préparée en toute hâte, elle quitta la maison en courant après avoir pris le courrier au passage et l'avoir mis dans son sac sans y jeter un coup d'œil. Elle ne l'ouvrit qu'à l'heure du déjeuner, lorsqu'elle s'installa dans un parc pour manger un sandwich.

Parmi les factures et les publicités habituelles, une grande enveloppe en papier kraft portant son nom attira son attention. Elle l'ouvrit et identifia au toucher les documents qu'elle contenait. Sans doute de nouvelles photos du mariage prises par un parent ou un ami, songea-t-elle en les sortant de l'enveloppe.

Le premier cliché était presque entièrement masqué par un Post-it sur lequel était écrit :

« Si tu veux savoir ce que fait ton mari pendant son absence, jette un coup d'œil à ces photos. »

Prise de vertige, elle eut soudain l'impression de se trouver au bord d'un précipice. Avec des doigts tremblants elle décolla le Post-it.

— Non !

Sur la photo, Lucas serrait dans ses bras une inconnue. Ils se regardaient les yeux dans les yeux en riant, comme si…

Elle jeta un coup d'œil à la suivante et eut l'impression qu'une poigne d'acier lui broyait le cœur. Lucas et l'inconnue s'embrassaient.

Secouant frénétiquement la tête pour nier l'évidence, elle se força à regarder tous les clichés. Sur chacun d'eux, Lucas se trouvait en compagnie de la même femme et la nature de leur relation ne faisait aucun doute.

Elle s'efforça de réprimer la nausée qui menaçait de la submerger. Lucas ne pouvait pas avoir une liaison ! C'était impossible ! Et pourtant, elle avait la preuve entre les mains… Mais d'où venaient ces photos ? Qui les avait envoyées ? Elle regarda dans l'enveloppe mais ne trouva rien de plus.

Un envoi anonyme… Qu'est-ce que cela signifiait ? Et pouvait-elle se fier à ce qu'elle avait sous les yeux ? Les apparences étaient peut-être trompeuses. Elle avait tellement confiance en Lucas… Elle ne parvenait pas à croire qu'il soit capable de la trahir. Il y avait sûrement une explication.

Le seul moyen d'en avoir le cœur net, c'était de lui poser la question. Elle jeta un coup d'œil à sa montre. Tant pis si pour lui c'était le milieu de la nuit. Le cœur battant, elle prit son portable dans son sac et laissa échapper un juron de frustration. Quelle idiote ! Elle avait oublié de le recharger… Mais il y avait sûrement une cabine téléphonique à proximité.

Elle se leva et arpenta le quartier, la gorge nouée. La seule cabine qu'elle trouva était occupée, et elle dut attendre qu'elle se libère pendant un moment qui lui parut interminable. Sur des charbons ardents, elle composa le numéro de l'hôtel et dut attendre encore plusieurs minutes avant d'obtenir la chambre de Lucas. Quand elle entendit enfin décrocher, elle prit une profonde inspiration pour parler. Mais à l'autre bout de la ligne, une voix féminine ensommeillée la devança.

— Allô ? J'espère que c'est important…

La gorge sèche, Sofie bredouilla :

— Excusez-moi, c'est une erreur. J'avais demandé la chambre de Lucas Antonetti.

— Non. C'est bien la chambre de Lucas. Ne quittez pas, je le préviens. Hé, Lucas ! Réveille-toi ! Téléphone pour toi !

Sofie eut l'impression que le monde s'écroulait autour d'elle. Dévastée, elle raccrocha et s'affaissa contre la paroi de la cabine. Les photos ne mentaient pas… Tout était vrai !

Elle sortit de la cabine et promena un regard égaré autour d'elle. Quelle impression bizarre… Elle se sentait soudain étrangère à tout. Il fallait absolument qu'elle réagisse. Pour commencer, elle allait rentrer chez elle. Impossible de rester là. Ses jambes ne la portaient plus et elle risquait de s'évanouir d'un instant à l'autre.

Elle héla un taxi et s'affaissa sur la banquette arrière. Comment Lucas pouvait-il la tromper ? Elle avait dû faire appel à tout son courage pour oser lui accorder sa confiance et croire que le bonheur était possible avec lui…

Elle réprima un cri de révolte. Plus jamais ! Plus jamais elle ne ferait confiance à aucun homme ! Gary Benson avait transformé sa vie en cauchemar, et à présent Lucas lui plantait un poignard en plein cœur !

Lorsqu'elle entra chez elle, son désespoir devint encore plus accablant. Dire qu'elle avait cru être heureuse dans cette maison ! En réalité, tous les moments fabuleux passés avec Lucas n'étaient que des faux-semblants…

Impossible de rester. Il fallait s'en aller. Même si elle ne devait jamais s'en remettre, il fallait le quitter. Comment continuer à vivre avec lui sans pouvoir lui faire confiance ? C'était impossible. Même si de son côté il n'envisageait pas la séparation, même s'il prétendait que ce n'était qu'un accident sans importance et lui jurait de ne plus jamais la tromper, elle ne pourrait pas le croire. Et elle ne supporterait pas de vivre dans le doute perpétuel. Oui, il fallait partir.

Non, pas seulement partir. Disparaître. Sans laisser aucune trace. Pour ne jamais courir le moindre risque de revoir Lucas. C'était la seule solution. Si elle le revoyait, son amour pour lui risquait d'ébranler sa détermination. Elle l'aimait tellement ! Elle pourrait être tentée de croire à ses mensonges. De se mentir à elle-même…

Oui, pas de doute. Il fallait tourner la page. Pour toujours.

Des larmes ruisselèrent sur ses joues. Non, pas question de s'effondrer. Il fallait être forte. Tenir le coup. Plus tard, elle pourrait s'abandonner à sa souffrance. Quand elle aurait quitté cette maison. Quand tout serait terminé.

S'armant de courage, elle décrocha le téléphone. Impossible de disparaître sans prévenir ses parents. Sa mère répondit au bout de quelques sonneries.

— Bonjour, maman… Je…

Elle étouffa un sanglot avant de poursuivre :

— Je voulais juste te dire de ne pas t'inquiéter si tu n'as plus de mes nouvelles pendant quelque temps.

— Que veux-tu dire ? Que t'arrive-t-il, ma chérie ?

Elle prit une profonde inspiration.

— Je quitte Lucas.

— Tu quittes Lucas ? Mais que se passe-t-il ? Vous sembliez si heureux !

— Je ne peux pas t'en dire plus pour l'instant. Sache seulement que je ne peux pas faire autrement. Je ne peux pas...

La voix de Sofie se brisa et elle dut se mordre la lèvre avant de poursuivre :

— Je ne sais pas quand je te reverrai, mais je t'écrirai.

— Oh, Sofie, tu ne crois pas qu'il vaudrait mieux éviter d'agir sur un coup de tête ? Viens nous voir. Nous pouvons peut-être t'aider.

— Personne ne peut m'aider, maman. Je suis désolée. Je vous aime tous les deux. Embrasse papa et ne vous inquiétez pas pour moi. Au revoir...

Sofie raccrocha avant que sa mère ait le temps de poursuivre.

Le téléphone sonna presque aussitôt mais elle l'ignora. Elle monta dans la chambre, remplit deux valises, puis les descendit dans le hall. Elle se rendit ensuite dans le salon pour écrire un mot très bref à Lucas, dans lequel elle lui annonçait simplement qu'elle le quittait et qu'il était inutile de chercher à la retrouver. Elle le glissa dans une enveloppe et cala celle-ci contre l'horloge qui se trouvait sur la cheminée.

Enfin, elle appela un taxi. Tandis que le chauffeur mettait les valises dans le coffre, elle verrouilla la porte et mit les clés dans la boîte aux lettres. Puis elle descendit les marches du perron pour la dernière fois, laissant derrière elle toute sa vie.

— Savez-vous de quelle gare partent les trains pour le Nord ? demanda-t-elle au chauffeur.

— Ça dépend où vous voulez aller.

Elle haussa les épaules.

— Déposez-moi devant la plus proche, dit-elle en fermant les yeux.

C'était fini. Elle avait fait ce qu'elle avait à faire.

A présent, il ne lui restait plus qu'à trouver la force de vivre jusqu'à la fin de ses jours sans Lucas.

1.

— Eh bien, je suis ravie de ne pas avoir à le lui dire !

En riant, Sofie prit une coupe de champagne sur le plateau d'un serveur qui passait à proximité.

La soirée se déroulait selon ses prévisions, songea-t-elle avec satisfaction. Lorsque son patron avait lancé l'idée d'un concours de photos, elle avait réagi avec un tel enthousiasme qu'il lui avait confié l'organisation de l'événement. Elle avait relevé le défi avec plaisir et jusqu'ici, tout se passait bien. Malgré tout, elle se serait bien passée d'animer la cérémonie de remise des prix. Attirer l'attention sur elle n'était pas très prudent. Cependant, ce n'était qu'un concours local, qui ne risquait pas d'être couvert par la presse nationale. Les risques étaient donc limités.

La vie n'avait pas toujours été facile au cours des dernières années. Pour survivre, elle avait d'abord été obligée de prendre tous les emplois qui se présentaient, même les plus ingrats. Puis elle avait fini par trouver un poste d'assistante chez un photographe, ce qui avait nettement amélioré sa situation. Son travail la passionnait et lui avait permis de louer un petit cottage.

Toutefois, elle ne pouvait s'empêcher de rester sur ses gardes en permanence. Elle avait coupé les ponts avec toutes ses anciennes relations et changé de nom, bien sûr. Sofie Antonetti s'était volatilisée, laissant place à Sofie Talbot, jeune femme très appréciée dans son travail mais très discrète sur sa vie privée.

S'excusant auprès du petit groupe avec qui elle venait de bavarder quelques instants, elle s'éloigna dans la foule en promenant son regard autour d'elle. Oui, pas de doute, la soirée était réussie. Jusqu'ici aucun problème à signaler…

Soudain, elle se figea. Cet homme qui venait de franchir le seuil de la salle… Elle éprouva un choc si violent qu'elle faillit perdre l'équilibre. Cet homme, elle le reconnaîtrait n'importe où… Il n'avait pas quitté son cœur et il y resterait toujours.

Lucas l'avait retrouvée.

Pendant un moment, elle resta pétrifiée. Ce qu'elle redoutait et espérait tout à la fois au plus profond d'elle-même venait de se produire… Quelle joie de le revoir ! Elle avait eu si peur de ne plus jamais pouvoir contempler ce visage aimé ! Oh, bien sûr elle avait souvent imaginé qu'elle le rencontrait par hasard dans les circonstances les plus variées. Mais sans vraiment y croire. Et voilà que c'était devenu réalité…

L'effet du choc initial s'estompant, une bouffée d'émotion la submergea et elle sentit des larmes perler à ses paupières. De toute évidence il ne l'avait pas encore vue. Il fallait en profiter. Incapable de résister à la tentation, elle le contempla encore un instant. Il était toujours aussi superbe… Et malheureusement, elle l'aimait toujours autant. Il y avait chez lui un petit quelque chose d'indéfinissable qui la touchait en plein cœur. Jamais aucun autre homme ne l'avait troublée à ce point.

Il n'avait pas changé. Ses cheveux étaient toujours aussi noirs et son costume provenait manifestement de son styliste italien favori. Une coupe de champagne à la main, il avait la même assurance désinvolte qu'autrefois.

Pas étonnant qu'elle ait eu le coup de foudre pour lui et qu'elle l'ait épousé au bout de quelques mois ! Si c'était à refaire, elle n'aurait pas l'ombre d'une hésitation. Pourtant, mieux valait éviter ce genre de pensées… Elle l'aimerait jusqu'à la fin de sa vie, certes. Mais de son côté, il ne pourrait plus jamais lui rendre cet amour. A supposer qu'il l'ait vraiment aimée un jour…

Cette pensée la ramena brusquement à la réalité et elle se détourna vivement. Que lui avait-il pris de se laisser aller à le dévorer des yeux ? Ce n'était pas un conte de fées qu'elle était en train de vivre ! Leurs retrouvailles risquaient fort de virer au cauchemar, au contraire.

L'estomac noué, elle but une longue gorgée de champagne pour se donner du courage. Il fallait qu'elle reprenne ses esprits. Après tout, rien ne prouvait que Lucas était à sa recherche. Sa présence n'était peut-être qu'une coïncidence ? Comment aurait-il pu la retrouver alors qu'elle ne portait plus le même nom ? Peut-être se trouvait-il simplement dans la région pour affaires… Oui, il pouvait très bien loger dans cet hôtel et être venu jeter un coup d'œil dans la salle par simple curiosité.

Elle laissa échapper un petit soupir tremblant. Oui, c'était sûrement ça. Il ne semblait pas aux aguets. Cependant, tout danger n'était pas écarté pour autant. S'il était encore là dans une demi-heure, il ne pourrait pas manquer de la voir. A 21 heures, elle devait monter sur l'estrade pour remettre les prix aux lauréats. Difficile alors de passer inaperçue…

La photo était sa passion et renouer avec le métier lui avait permis de retrouver une certaine sérénité. Mais si Lucas s'attardait à cette soirée, ce fragile équilibre serait gravement menacé. Certes, elle avait eu une bonne raison de le quitter, mais nul doute qu'il ne lui pardonnerait jamais d'être partie aussi soudainement sans laisser d'adresse. Par ailleurs, elle avait à présent un secret à préserver. Et s'il le découvrait, sa réaction serait terrible…

Elle s'efforça de surmonter l'angoisse qui la tenaillait. Pour l'instant, il n'y avait qu'une solution : se perdre dans la foule qui se pressait dans les salles voisines. Bientôt, elle se mêla de nouveau à la conversation d'un petit groupe en s'efforçant d'afficher un air enjoué. Mais soudain, une sensation familière la fit tressaillir : Lucas n'était pas loin… Elle le sentait. Depuis toujours, son intuition l'avertissait dès qu'il entrait dans la pièce où elle se trouvait, même si elle lui tournait le dos. Pourvu qu'il ne la voie pas ! pria-t-elle, gagnée par la panique. Mais au même instant un petit frisson courut le long de sa nuque et son estomac se noua. Le regard de Lucas venait de se poser sur elle…

Mue par une force invisible contre laquelle sa volonté était impuissante, elle se retourna lentement, le cœur battant à tout rompre. Autour d'elle, le bruit des voix et le contour des visages s'estompèrent. Elle ne voyait plus que les yeux turquoise fixés sur elle, à l'autre bout de la salle.

Croiser de nouveau le regard de Lucas après tout ce temps était une expérience redoutable… Les jambes tremblantes, elle se prépara à la confrontation. Mais à sa grande surprise, il restait immobile, se contentant d'esquisser un petit sourire. Qu'attendait-il pour la rejoindre ? A en juger par son air narquois, il était conscient de son embarras. Avait-il décidé de jouer avec ses nerfs ? A moins que ce soit une façon subtile de renverser les rôles… De lui signifier qu'après avoir été mis devant le fait accompli par son départ en catimini, il avait l'intention de reprendre le contrôle de la situation.

Pour vérifier cette théorie, elle se mit à déambuler d'une pièce à l'autre. Son radar intérieur lui signalait que Lucas la suivait, mais elle ne pouvait s'empêcher de jeter de temps à autre un coup d'œil furtif derrière elle. Il prenait soin de maintenir toujours la même distance entre eux. Pas de doute, il jouait au chat et à la souris…

— Ah, te voilà ! Je t'avais perdue.

La voix de son patron la fit tressaillir. Elle pivota sur elle-même, un petit sourire contrit aux lèvres. Dès qu'elle avait vu Lucas, elle avait complètement oublié David !

— Je… je cherchais à boire, mentit-elle en levant sa coupe de champagne.

— C'est bizarre, il me semblait t'avoir justement proposé de t'en rapporter une, répliqua-t-il en montrant celles qu'il tenait dans chaque main.

Mais Sofie ne l'écoutait pas. Incapable de s'en empêcher, elle cherchait Lucas des yeux. A quelques mètres, il dardait sur David et elle un regard pénétrant.

Les nerfs à fleur de peau, elle se retourna vers son patron.

— Hmm ? Excuse-moi, je n'ai pas entendu ce que tu as dit.

David arqua les sourcils.

— Tout va bien, Sofie ? demanda-t-il en posant une des coupes sur le plateau d'un serveur.

Elle inspira profondément. Il fallait à tout prix qu'elle se ressaisisse… Il ne manquerait plus que David se mette à poser des questions embarrassantes !

— Excuse-moi. C'est bientôt l'heure de mon petit discours et je suis un peu nerveuse.

Quel euphémisme ! Elle était au bord de la crise de nerfs !

— Allons, tu n'as aucune raison de t'inquiéter. Je suis sûr que tu vas t'en tirer brillamment.

David promena autour de lui un regard satisfait avant d'ajouter :

— Tout le monde est venu et cette soirée est très réussie. Mais dis-moi, sais-tu qui est cet homme en costume, près de l'entrée ? Je ne le connais pas.

Le cœur de Sofie fit un bond dans sa poitrine.

— Quel homme ? demanda-t-elle en s'efforçant de prendre un air dégagé.

Que faire ? Si elle prétendait ne pas connaître Lucas et s'il décidait de venir lui parler, elle serait prise en flagrant délit de mensonge…

— Peu importe. Il n'est plus là, répliqua David.

Aussitôt, elle jeta un coup d'œil vers l'endroit où elle avait vu Lucas pour la dernière fois. Il avait disparu, en effet… Elle le chercha fébrilement des yeux dans toute la pièce. En vain. L'affolement la gagna. Il ne pouvait pas être parti ! Impossible qu'il ne cherche pas à prendre contact avec elle alors qu'il ne l'avait pas quittée des yeux depuis qu'il l'avait repérée…

Mais pourquoi était-elle aussi déçue ? se demanda-t-elle en tentant de se raisonner. Qu'il disparaisse était ce qui pouvait arriver de mieux. Il était impossible de revenir sur le passé. Mieux valait ne plus jamais le revoir. Même si cette pensée lui brisait le cœur…

Elle vida sa coupe d'une seule gorgée.

— Doucement ! s'exclama David. Si tu bois comme ça le ventre vide, tu vas être ivre. Attends-moi ici. Je vais te chercher quelque chose à manger.

— Non, ce n'est pas la peine. Tout va bien, je t'assure. Et de toute façon, c'est l'heure de la remise des prix, ajouta-t-elle.

Elle s'échappa avec soulagement. Discuter avec David en gardant un air serein était au-dessus de ses forces ! Certes, féliciter les lauréats avec un sourire éclatant risquait d'être tout aussi difficile, mais cela faisait partie de son travail.

Une fois sur l'estrade, elle promena son regard sur la foule et une joie irrépressible l'envahit. Lucas était toujours là ! Un sourire narquois aux lèvres, il leva sa coupe dans un toast silencieux. Elle déglutit péniblement. Pas de doute, il attendait son heure…

A son grand soulagement, la remise des prix se déroula sans anicroches. Comment avait-elle réussi à tenir son rôle sans bafouiller une seule fois ? C'était un véritable miracle, se dit-elle en descendant de l'estrade. Malheureusement, Lucas avait de nouveau disparu. Elle dut attendre un long moment avant de pouvoir se libérer de tous les gens qui voulaient la féliciter pour le déroulement de la soirée. Puis, dès qu'elle fut enfin seule, elle scruta de nouveau la salle. Toujours en vain.

Une immense lassitude s'abattit sur elle. Elle était fatiguée de jouer à ce petit jeu… Et elle ne se sentait pas non plus en état de continuer à jouer les hôtesses modèles. Mieux valait s'esquiver, décida-t-elle en sortant sur la terrasse.

Dans l'air doux de la nuit d'été, elle s'accouda à la balustrade et contempla les lumières de la ville. Elle s'était toujours félicitée d'avoir choisi de s'installer dans le Nord. Même si elle regrettait amèrement les circonstances qui l'avaient poussée à quitter Londres…

Dire que Lucas venait de resurgir dans sa vie ! Ce qu'elle craignait depuis le début venait d'arriver. Ou plutôt, ce qu'elle craignait et *désirait* à la fois… Mais malgré son envie irrésistible de le retrouver, sa raison le lui interdisait. Renouer avec lui serait beaucoup trop dangereux. Aujourd'hui plus que jamais.

S'il découvrait son secret… Mais mieux valait ne pas y penser. Les conséquences seraient catastrophiques.

Tout à coup, en même temps qu'une brise légère faisait voler ses cheveux, elle sentit un frisson familier la parcourir. Aussitôt elle pivota sur elle-même, le cœur battant.

Lucas était toujours aussi séduisant… Mais alors qu'autrefois ses yeux turquoise étincelaient de désir dès qu'il les posait sur elle, aujourd'hui ils restaient froids. Quelle sensation déstabilisante ! Le faible espoir qu'elle nourrissait sans vouloir se l'avouer venait d'être réduit à néant…

— Pourquoi as-tu mis si longtemps ? demanda-t-il avec

un petit sourire moqueur en s'arrêtant à quelques mètres d'elle.

— Longtemps ? Je…

La gorge sèche, elle dut s'interrompre pour s'éclaircir la voix.

— Je ne comprends pas.

— Bien sûr que si, voyons. Tu n'as pas cessé de m'épier toute la soirée. Je savais que si je disparaissais, tu ne pourrais pas t'empêcher de venir à ma recherche.

— Tu te trompes… J'avais chaud et…

Elle prit une profonde inspiration.

— Je croyais que tu étais parti.

— Dis plutôt que tu l'espérais et que tu as voulu t'en assurer.

— Pas du tout ! Enfin, si…

Quelle idiote ! Ce n'était pas le moment de perdre contenance ! Il fallait à tout prix garder son sang-froid. Et ne pas oublier qu'elle devait convaincre Lucas de la laisser tranquille.

— A quoi bon nous revoir ? Nous n'avons rien à nous dire, reprit-elle d'une voix qu'elle espérait ferme.

Il fallait absolument qu'il s'en aille, se répéta-t-elle fébrilement. S'il découvrait son secret, il se montrerait impitoyable. Et hélas, sa colère serait justifiée…

— Au contraire. J'estime que nous avons des tas de choses à nous dire, madame *Antonetti*, rétorqua-t-il d'un ton dangereusement posé.

— Lucas…

Il eut une moue sarcastique.

— Te souviens-tu qu'autrefois le simple fait de t'entendre prononcer mon nom me rendait fou de désir ?

Elle eut l'impression qu'il lui arrachait le cœur. Comment aurait-elle pu l'oublier ? Elle se souvenait de chaque instant passé avec lui. Et elle comprenait sa colère… Pourquoi avait-elle choisi de partir comme une voleuse ? Elle aurait dû attendre son retour et lui mettre sous les yeux les preuves de sa trahison. Mais quelle importance, à présent ? Ce qui comptait aujourd'hui, c'était de protéger son secret. S'il le découvrait, le prix à payer serait beaucoup trop élevé.

— Les souvenirs ne m'intéressent pas, déclara-t-elle avec un aplomb dont elle ne se serait pas crue capable. J'ai tourné la page.

Les yeux turquoise étincelèrent.

— Comme c'est pratique ! Mais il y a un petit problème. Le passé a la mauvaise habitude de refaire surface au moment où on s'y attend le moins. Comme hier, quand j'ai vu ta photo sur l'affiche du concours en arrivant à l'hôtel.

Elle déglutit péniblement.

— Alors tu n'étais pas…

— Sur ta piste ? coupa-t-il avec une moue de dérision. Non, pas du tout. Je suis ici pour affaires. Tu imagines ma stupéfaction. L'épouse disparue, que j'avais cherchée en vain dans tout le pays et au-delà des frontières, se cachait juste sous mes yeux !

Elle releva le menton.

— Je ne me cachais pas.

Après tout, ce n'était pas tout à fait faux. Au début, elle ne se cachait pas vraiment. Elle voulait juste éviter de le revoir. Sachant qu'elle n'aurait pas la force de résister à son amour pour lui, elle ne voulait pas prendre le risque de succomber à la tentation. Par la suite, les circonstances avaient changé et elle avait fini par se cacher, en effet…

Lucas haussa les sourcils d'un air sceptique.

— Pourquoi avoir changé de nom si ce n'était pas pour m'empêcher de te retrouver ?

Elle déglutit péniblement. Si seulement elle avait été un peu plus douée pour le mensonge ! Il fallait à tout prix trouver une explication plausible…

— Parce que… Je… j'envisageais de… d'ouvrir mon propre studio et…

— Ne te fatigue pas. Je t'aurais peut-être crue si tu t'étais appelée Smith ou Brown, mais ce n'est pas le cas, il me semble. Alors dis-moi, *amore,* pourquoi n'as-tu pas gardé le nom d'Antonetti ? Tu en as le droit puisque tu es ma femme.

— Ne dis pas ça !

— Pourquoi ? Légalement tu es Sofie Antonetti, mon épouse.

Elle laissa échapper un gémissement étouffé.

— Mais… dans mon mot je t'ai écrit de m'oublier, de ne pas essayer de me retrouver. Je croyais…

— Que le divorce avait été prononcé ? Pour quelle raison aurais-je engagé une procédure ? Je n'ai jamais eu l'intention de te quitter. C'est toi qui es partie, non ? La question est donc la suivante : pourquoi n'as-tu pas demandé le divorce ? Ah, suis-je bête ! La réponse est évidente. Parce que tu ne voulais surtout pas que je te retrouve, n'est-ce pas ?

Il darda sur elle un regard dur.

— Tu m'as dit et répété que tu m'aimais. Que rien ne pouvait te rendre plus heureuse que m'épouser. Tout ça pour te volatiliser quelques mois après notre mariage. Tu croyais vraiment que j'allais passer l'expérience par profits et pertes et t'oublier ? Tu rêves, Sofie.

Elle réprima un soupir. Bien sûr, un homme comme lui ne pouvait pas laisser tomber aussi facilement. Il ignorait qu'elle était au courant de sa liaison. Tout ce qu'il savait c'était qu'elle l'avait quitté sans explications. Et désormais il était trop tard pour lui en donner. Beaucoup trop tard.

— Je suis désolée. Je n'aurais pas dû partir comme ça.

Il eut un petit rire désabusé.

— En effet. Tu me dois des éclaircissements. Et à présent que je t'ai trouvée, j'ai bien l'intention de les obtenir.

Une vague de panique submergea Sofie. Si elle lui

révélait la raison de son départ, il voudrait sans doute se disculper… La discussion risquait de s'éterniser. Peut-être même se mettrait-il en tête de la convaincre de regagner le domicile conjugal, ne serait-ce que par amour-propre. Or, il fallait l'éloigner au plus vite. C'était le moyen le plus sûr de préserver son secret…

— Il n'y a rien à expliquer, déclara-t-elle avec une assurance qu'elle était loin de ressentir. Nous n'étions pas faits l'un pour l'autre, c'est tout. Si je t'ai blessé j'en suis navrée, mais il est impossible de revenir en arrière. Oublie mon existence.

Un éclair brilla dans les yeux turquoise.

— Pourquoi ? Parce que tu m'as remplacé ? Est-ce l'homme avec qui je t'ai vue ? Qu'en as-tu fait ? Tu l'as abandonné, lui aussi ?

Il n'était pas si loin de la vérité, songea-t-elle prise de remords. Une fois de plus, elle avait complètement oublié David !

— Pauvre homme… Peut-être ferais-je mieux de le prévenir qu'il sort avec une femme mariée, ajouta Lucas d'un ton ironique.

Elle tressaillit. Il ne manquerait plus que ça !

— Laisse David tranquille. C'est mon patron. Rien d'autre.

— J'espère pour toi, *amore*. Il serait très imprudent de ta part de ternir nos retrouvailles par un mensonge.

— Nous ne nous reverrons pas…

— Oh si, désolé. Mais pour l'instant, malgré mon envie de poursuivre cette passionnante conversation, je suis obligé de te quitter. J'ai une conférence téléphonique.

— Laisse-moi tranquille, Lucas ! Ne cherche pas à me revoir.

— Désolé, mais c'est impossible, répliqua-t-il sèchement avant de disparaître.

Elle s'affaissa contre le mur en réprimant un gémissement.

Après tout ce qu'elle avait enduré, comment le destin pouvait-il s'acharner ainsi sur elle ? Si Lucas découvrait ce qu'elle lui cachait…

— Décidément, tu ne tiens pas en place ! J'ai l'impression de courir après ma nièce de trois ans !

Elle se tourna vers David avec une moue contrite.

— Excuse-moi, j'avais besoin de prendre l'air.

— Tu n'étais pas la seule, apparemment, commenta-t-il avec un petit sourire taquin.

A son grand dam, elle sentit ses joues s'empourprer.

— C'est cet homme dont je t'ai demandé tout à l'heure si tu le connaissais, poursuivit David. Qui est-ce ?

Au cas où la vérité finirait par se savoir, mieux valait ne pas nier qu'elle connaissait Lucas, décida-t-elle. Mais pas question non plus d'entrer dans les détails.

— Il s'appelle Lucas Antonetti. Il est là pour affaires.

David plissa le front.

— Antonetti ? Pourquoi ce nom me semble-t-il familier ?

Allons bon, il ne manquerait plus que David ait entendu parler de Lucas ! songea Sofie, à bout de nerfs.

— C'est un homme d'affaires important, je crois. Peut-être as-tu vu son nom dans le journal…

— Peut-être. Tu dois le revoir bientôt, je suppose ?

Elle ouvrit des yeux ronds.

— Non, ce n'est pas prévu ! Pourquoi cette question ?

— Parce que j'ai vu la façon dont il te regardait pendant la remise des prix. Le moins qu'on puisse dire, c'est que tu ne lui es pas indifférente.

Sofie faillit éclater d'un rire hystérique.

— Tu te fais des idées !

— Ça m'étonnerait. Il te dévorait des yeux.

Elle s'écarta du mur. Ouf, elle tenait sur ses jambes,

constata-t-elle, soulagée. C'était bien la seule bonne nouvelle de la soirée…

— Je te répète que tu te trompes et je n'ai aucune intention de le revoir, insista-t-elle d'un ton plus brusque qu'elle ne l'aurait voulu.

— Désolé. J'ai cru que… Mais peu importe. Ça m'apprendra à me mêler de ce qui ne me regarde pas.

Devant l'air embarrassé de David, elle fut prise de remords.

— Excuse-moi, mais je suis épuisée. Ça ne te dérange pas si je m'en vais maintenant ?

— Bien sûr que non, voyons ! Et félicitations pour cette soirée. C'était très réussi. Tu t'en es sortie si brillamment qu'il ne m'est même pas venu à l'idée que tu pouvais être fatiguée. Mais maintenant que tu me le dis… Tu sembles exténuée, en effet. Rentre vite.

Une fois chez elle, Sofie ouvrit et referma la porte avec précaution. Après avoir jeté un coup d'œil vers l'étage supérieur, elle gagna le salon.

— Bonsoir, Annie, tout va bien ?

— Oui, ça s'est très bien passé.

La jeune fille qui lisait sur le canapé se leva et prit l'argent que lui tendait Sofie.

— N'hésitez pas à m'appeler si vous avez de nouveau besoin de moi.

— Je n'y manquerai pas. Merci, Annie.

Sofie raccompagna la jeune fille sur le perron et la suivit des yeux jusqu'à ce qu'elle soit rentrée dans le cottage voisin. Puis elle monta et se glissa sans bruit dans une chambre dont la porte était restée entrebâillée. Elle s'approcha du lit, étreinte par une émotion indicible, mêlée à une vive anxiété.

Son petit ange aux cheveux noirs était le portrait craché de son père…

Lucas ne lui pardonnerait jamais de lui avoir caché qu'il avait un fils. S'il le découvrait, jusqu'où irait-il pour se venger d'elle ? Elle faillit laisser échapper un petit gémissement. Non ! Il ne fallait pas qu'il l'apprenne ! Jamais. S'il décidait de lui enlever son fils, elle en mourrait !

D'une main tremblante elle caressa les cheveux de Tom et retint son souffle en le voyant remuer. Quand elle eut la certitude qu'il dormait toujours, elle déposa un baiser sur son front et quitta la pièce à pas feutrés.

Une fois dans le couloir, elle s'appuya contre le mur, les jambes tremblantes. Qu'allait-elle devenir ? Lucas l'avait trahie autrefois. Pourquoi devrait-elle souffrir encore aujourd'hui ? C'était lui le coupable. Si elle l'avait quitté, c'était parce qu'il l'avait trahie. Pourquoi devrait-elle être lésée une fois de plus ? La réponse était malheureusement très simple : on ne réparait pas une injustice par une autre injustice.

Tôt ou tard, elle devrait payer pour son mensonge par omission.

2.

Sofie gagna sa chambre, la mort dans l'âme. Il ne fallait pas se faire d'illusions. A présent qu'il l'avait retrouvée, même si c'était par hasard, Lucas ne renoncerait pas à obtenir des réponses à ses questions.

Comment avaient-ils pu en arriver là ? Leur relation avait commencé dans une telle passion… Le souvenir des moments heureux passés avec lui ne la quitterait jamais. Et malheureusement, aujourd'hui encore elle l'aimait de tout son cœur malgré sa trahison.

Son regard fut attiré par le coffret à bijoux qui se trouvait sur sa coiffeuse. Elle ouvrit le tiroir supérieur et prit les objets qui se trouvaient à l'intérieur. Sa gorge se noua devant l'alliance incrustée de diamants et sa vue se brouilla lorsqu'elle regarda la photo.

C'était la seule qu'elle avait emportée. Lucas et elle radieux le jour de leur mariage… Bien sûr, à ce moment-là elle ignorait encore qu'il était volage. L'amour n'avait manifestement pas la même signification pour lui que pour elle.

Lorsqu'elle avait découvert son infidélité, elle avait cru qu'elle ne s'en remettrait jamais. Toutes les nuits elle s'endormait en pleurant… quand elle parvenait à dormir. Elle ne pouvait s'empêcher de se demander où il était, ce qu'il faisait, si il pensait à elle. A plusieurs reprises, le désir d'entendre sa voix avait été si fort qu'elle avait décroché le téléphone.

Heureusement, chaque fois la raison l'avait empêchée de composer le numéro.

Elle avait traversé cette période comme un automate, avec l'impression de marcher dans un tunnel obscur au bout duquel aucune lumière ne l'attendait. Jusqu'au jour où elle avait découvert qu'elle était enceinte. Ce jour-là elle avait recommencé à vivre. Son bébé avait redonné un sens à son existence.

Bien sûr, une fois passé le premier moment d'euphorie, elle avait pris conscience qu'elle se trouvait dans une position intenable. Cet enfant n'était pas seulement le sien. Comment se résoudre à le priver de son père ? Et Lucas, malgré son infidélité, n'avait-il pas le droit de savoir qu'elle attendait un enfant de lui ? Partagée entre la culpabilité et la peur de retomber sous le charme d'un homme en qui elle ne pourrait plus jamais avoir confiance, elle avait cru perdre la raison. Mais finalement, malgré le remords qui l'accablait, elle avait compris qu'elle n'avait pas le choix. Il lui était impossible de renouer avec Lucas. Elle avait trop souffert de sa trahison.

Vivre sans l'homme qu'elle aimait et qu'elle aimerait jusqu'à la fin de ses jours n'était pas facile, mais l'arrivée de son fils l'avait sauvée. Tom l'avait empêchée de continuer à se noyer dans les regrets. Une fois sa décision prise, elle avait fait de son mieux pour tourner la page.

Hélas, son passé venait de la rattraper.

Une vive angoisse lui noua l'estomac. Comment éviter que Lucas découvre l'existence de Tom ? Il ne lui pardonnerait jamais de la lui avoir cachée. Comment réagirait-il ? Elle ne supporterait pas qu'il lui enlève son fils. Pour elle, ce serait le coup de grâce.

Elle pressa sa main contre ses lèvres pour étouffer un sanglot. Il n'y avait qu'une solution : revoir Lucas comme il l'avait exigé et faire en sorte que ce soit la dernière fois. Ensuite seulement, elle pourrait reprendre une vie normale.

Un petit rire amer lui échappa. Une vie normale ? Comme si elle savait encore ce que c'était ! Allons, du calme. Il fallait à tout prix garder son sang-froid. Et se préparer à affronter Lucas. Lui mentir allait être terriblement difficile, certes. Mais c'était le seul moyen de se protéger. Elle devait se montrer convaincante et trouver les mots qui l'inciteraient à s'en aller pour ne plus jamais la revoir.

A cette pensée, elle fut submergée par une souffrance intolérable. Une vérité qu'elle avait toujours voulu ignorer s'imposa à elle. Tout au fond de son cœur, elle avait toujours espéré qu'un jour un miracle se produirait. Que Lucas reviendrait dans sa vie pour lui dire qu'il l'aimait et qu'il ne pouvait pas vivre sans elle. Qu'il lui pardonnerait d'être partie et de lui avoir caché qu'il était père. Qu'il saurait regagner sa confiance et que la vie reprendrait comme avant. Quel espoir ridicule…

Le visage inondé de larmes, Sofie se recroquevilla sur elle-même. Rien n'avait changé. Ils ne vivraient jamais heureux jusqu'à la fin de leurs jours. Inutile d'attendre l'arrivée d'une bonne fée qui effacerait le passé d'un coup de baguette magique : dans le monde réel, les miracles n'existaient pas. Même si par extraordinaire Lucas l'aimait encore et lui pardonnait, elle n'oserait plus jamais lui faire confiance. Or, l'amour sans confiance n'était qu'une coquille vide.

Les jours suivants, Sofie ne cessa d'osciller entre l'optimisme et l'anxiété. Par moments elle se sentait capable d'affronter Lucas tout en continuant à lui cacher son secret, mais presque aussitôt elle sombrait dans le désespoir, certaine d'échouer. Et s'il trouvait son adresse et venait jusqu'au cottage, comment cacher un petit garçon de cinq ans plein de vie habitué à courir partout ? La nuit elle ne dormait pratiquement pas, craignant à tout moment que Lucas ne surgisse.

Inutile de rêver, songea-t-elle en soupirant, un matin qu'elle se trouvait dans son laboratoire. Lucas n'était sûrement pas reparti en renonçant à obtenir des explications. Soit il était très pris par ses affaires, soit il avait décidé de la mettre au supplice. Elle réprima un frisson. Sans doute les deux…

Aujourd'hui lundi, elle avait déposé Tom à l'école en allant travailler. Il avait été grognon pendant tout le week-end, sans doute parce qu'il n'avait pas l'habitude de la voir aussi nerveuse. A plusieurs reprises, elle s'était emportée contre lui. Elle qui ne perdait jamais patience d'ordinaire ! Comment avait-elle pu ? Elle devait se ressaisir avant d'aller le chercher chez Jenny en fin de journée.

Jenny, la mère de la baby-sitter, qui habitait le cottage voisin du sien, avait un fils de l'âge de Tom. Elle ramenait les deux garçons de l'école et gardait Tom chez elle jusqu'à ce que Sofie rentre du travail.

Tout en travaillant à l'agrandissement d'un portrait pour un client, Sofie jura à mi-voix. Que lui arrivait-il ? se demanda-t-elle aussitôt. Il n'était pas dans ses habitudes de dire des grossièretés. Heureusement qu'elle était momentanément seule dans le studio ! David était en rendez-vous chez un client et Jimmie, l'apprenti, était sorti chercher à déjeuner. D'ordinaire, son travail lui faisait oublier tous ses problèmes, mais aujourd'hui elle ne parvenait pas à se concentrer.

Elle était en train de procéder à un réglage minutieux quand la sonnerie de l'entrée retentit. Elle sursauta, détruisant d'un seul coup de longues minutes de travail. Pas de doute, elle avait vraiment les nerfs à fleur de peau… C'était sûrement Jimmie. D'un instant à l'autre, il allait l'appeler pour lui dire qu'il lui avait rapporté la salade qu'elle avait demandée. Non, c'était sans doute un client, se dit-elle alors que le silence se prolongeait.

Elle enleva sa blouse et la pendit derrière la porte.

D'ordinaire, c'était la réceptionniste qui recevait les visiteurs, mais ce matin Tina était malade.

— Excusez-moi de vous avoir fait attendre, déclara-t-elle d'un ton affable en ouvrant la porte de communication avec le studio.

Ne voyant personne, elle fit quelques pas pour contourner l'angle d'un mur qui l'empêchait d'embrasser du regard cette pièce tarabiscotée. Les mains dans les poches, un homme lui tournait le dos, absorbé dans la contemplation des photos accrochées au mur. Elle déglutit péniblement.

Le moment qu'elle redoutait tant était arrivé.

— Ce n'est rien. Je suis très patient. J'ai toujours su attendre aussi longtemps qu'il le fallait pour obtenir ce que je voulais, répliqua Lucas en se retournant. Tes photos sont remarquables. Tu as vraiment le don de révéler la personnalité qui se cache derrière les visages.

Elle arqua les sourcils. Ce compliment semblait sincère. Cependant, il aurait été beaucoup plus agréable sans le sous-entendu qui l'avait précédé…

— Elles ne sont pas toutes de moi.

Lucas hocha la tête.

— Je sais. Celle-ci, celle-là et ces deux autres sont de toi. Je reconnais ton style. Elles ont une profondeur qui manque aux autres.

Sofie ne put s'empêcher d'avoir un petit sourire ravi. Il aurait fallu être inhumaine pour ne pas se sentir flattée…

— J'essaie de faire en sorte que chaque photo raconte une histoire.

— Tu y parviens remarquablement bien. Voir au-delà des apparences a toujours fait partie de tes nombreux talents. Et contrairement à certains autres, celui-ci n'était pas caché.

Elle se raidit.

— De quels talents cachés parles-tu ?

— Celui de t'évanouir sans laisser de traces, par exemple.

Il était temps d'en venir au fait, décida-t-elle.

— Que puis-je faire pour toi, Lucas ?

Malgré ses efforts pour garder son sang-froid, elle était en proie à un trouble profond, constata-t-elle avec dépit. Pourquoi était-elle toujours aussi attirée par lui ? A une autre époque elle l'aurait déjà rejoint pour se blottir contre lui et le feu qui couvait en eux en permanence les aurait aussitôt embrasés. Mais cette époque était révolue depuis longtemps, et il n'avait certainement aucune envie qu'elle le touche...

Il fit un pas vers elle, un sourire narquois aux lèvres.

— Des tas de choses, si je me souviens bien, *amore.*

Elle fut parcourue d'un long frisson. Seigneur ! Ce murmure sexy si familier était d'autant plus déstabilisant qu'elle pensait ne plus jamais l'entendre.

Et pourquoi promenait-il sur elle un regard aussi brûlant ? Elle avait l'impression que c'était ses mains qui glissaient sur son corps... Ce qui était ridicule, étant donné que plusieurs mètres les séparaient ! Les jambes tremblantes, elle déglutit péniblement.

Il fallait absolument qu'elle parvienne à masquer son trouble. Ce regard était uniquement destiné à tester ses réactions. Pas question que Lucas puisse constater qu'il avait toujours autant de pouvoir sur elle.

Alors qu'il s'avançait vers elle, l'image de ses longues jambes et de ses cuisses musclées s'imposa à elle. Pourquoi gardait-elle un souvenir aussi précis de son corps superbe ? Réprimant un gémissement de frustration, elle s'efforça de faire le vide dans son esprit.

— Après tout, rien n'a changé entre nous, ajouta-t-il d'un ton enjôleur.

Elle écarquilla les yeux. A quoi jouait-il ?

— Je t'ai quitté, fit-elle valoir d'une voix étranglée. Il me semble que c'est un changement.

— En effet. Cependant j'ai fait une découverte très intéressante, l'autre soir. Malgré ce qui s'est passé, l'attirance qui nous pousse l'un vers l'autre n'a pas disparu. Elle est même toujours aussi irrésistible. Ce n'est pas fini entre nous, n'est-ce pas, *cara* ?

Prise de vertige, elle ouvrit le carnet de rendez-vous avec des doigts tremblants et feignit de le consulter. Que lui arrivait-il ? Elle s'attendait à tout sauf à ça… Jamais elle n'aurait imaginé qu'il choisirait cette tactique. Mais il ne pouvait pas être sérieux. C'était juste un moyen de la déstabiliser. Et il avait atteint son but !

— Ne… ne sois pas ridicule. Tout est fini depuis le jour où je suis partie. Je t'ai déjà dit l'autre soir que nous revoir ne rimait à rien.

Une étincelle fusa dans les yeux turquoise.

— Comme tu le sais, je ne partage pas ce point de vue.

Au trouble de Sofie se mêla soudain une colère insurmontable.

— Arrête ! Ce n'est pas drôle ! Et je n'ai pas le temps de jouer à tes petits jeux. Tu ferais mieux de t'en aller !

— Qui a dit que c'était un jeu ? Je ne m'en irai pas tant que je n'aurai pas réglé tous mes comptes. Et tu ne me feras pas croire que tu ne meurs pas d'envie que je reste.

— Voyons si je t'ai bien suivi. Tu prétends que tu es toujours attiré par moi et que c'est réciproque ? Tu as perdu la raison !

Lucas eut un petit rire ravi.

— Bien essayé. Mais tu joues très mal la comédie et je sais que j'ai raison. Il y a toujours entre nous le même désir irrépressible. Je l'ai senti dès que je t'ai revue et tu en es aussi consciente que moi.

Il avait raison, mais pas question de le reconnaître… Elle releva le menton.

— Tu crois donc me connaître ?

— Oh, je n'ai pas cette prétention. Quel homme peut se targuer de vraiment connaître une femme ? Moi, par exemple, je ne t'aurais jamais crue capable de disparaître du jour au lendemain. Cependant, quand il s'agit d'identifier le désir, je ne me trompe jamais. Tu as toujours envie de moi, Sofie. Si je t'embrassais maintenant, tu fondrais dans mes bras comme tu l'as toujours fait.

Elle suffoqua d'indignation. Comment osait-il ? Même si c'était vrai, il n'avait pas le droit de la narguer ainsi ! C'était déloyal…

— Quelle arrogance !

— Non, je suis tout simplement lucide. Et j'ai très envie de t'embrasser pour savoir si tes lèvres pulpeuses ont toujours le même goût.

A son grand dam, le regard de Sofie fut irrésistiblement attiré par la bouche de Lucas. Oh, Seigneur ! Pourquoi brûlait-elle de la même envie que lui ?

— Si tu essaies de m'embrasser, je te gifle !

— Allons, ne dis pas de bêtises…

Il s'approcha d'elle et posa les doigts sur la veine qui battait frénétiquement à son cou. Le souffle coupé, elle eut l'impression de recevoir une décharge électrique.

— Ton pouls est très rapide, *cara,* commenta-t-il d'un ton moqueur.

Elle écarta sa main d'un geste vif.

— Bien sûr ! C'est parce que… je suis excédée par ton attitude !

— Menteuse. Si tu étais vraiment en colère, tu émettrais des vibrations très différentes.

— Je n'émets aucune vibration !

— Bien sûr que si. Et leur message est limpide.

Pourquoi la connaissait-il aussi bien ? se demanda-t-elle avec désespoir. Il fallait absolument l'empêcher de poursuivre sur ce terrain. En lui faisant perdre son sang-froid, par exemple. Si elle parvenait à le mettre hors de lui, il ne penserait plus à l'embrasser.

Elle croisa les bras et lança d'un ton moqueur :

— Décidément, tu as un ego démesuré !

A son grand dépit, il haussa les épaules avec désinvolture.

— Si tu n'es pas attirée par moi, pourquoi me dévorais-tu des yeux, l'autre soir ?

— Moi, je te dévorais des yeux ? Tu as rêvé !

— Pas du tout. Ce qui amène une question. Pourquoi m'as-tu quitté si tu me désires encore à ce point après tout ce temps ?

— Je te répète que tu te trompes ! Et de toute façon… il n'y a pas que le sexe dans la vie, bredouilla-t-elle tout en cherchant fébrilement comment développer cet argument.

Oh, mon Dieu ! Il fallait à tout prix éviter de se laisser entraîner dans une discussion au cours de laquelle elle risquait de se trahir. Pas question de lui dévoiler qu'elle n'avait jamais cessé de l'aimer et qu'elle l'avait quitté la mort dans l'âme… Non, ce qu'il fallait c'était le pousser à s'en aller et lui ôter toute envie de la revoir. Plus vite il disparaîtrait, moins il aurait de chances de découvrir son secret…

— Quand je me suis rendu compte que c'était la seule chose qui nous unissait, j'ai décidé de partir, ajouta-t-elle d'un ton plus ferme.

Devant l'air sceptique de Lucas, elle sentit son désarroi s'accentuer. S'il était blessé par cette affirmation, il n'en laissait rien paraître…

— Vraiment ? Pourtant, je me souviens que tu n'arrêtais pas de me répéter que j'étais l'amour de ta vie, dit-il en dardant sur elle un regard pénétrant.

Elle prit une profonde inspiration.

— Je… Je mentais. Je me mentais à moi-même. Si j'ai voulu t'épouser, c'était sans doute par pure vanité. Tu étais un très beau parti, tu sais.

Comment pouvait-il rester aussi imperturbable ? se demanda-t-elle avec dépit. Elle s'attendait pourtant à ce qu'il sorte de ses gonds…

— Si j'étais un si beau parti, pourquoi m'avoir quitté ?

— Parce que… j'ai eu l'impression d'être enfermée dans une cage dorée et j'ai préféré m'échapper.

— Alors tu as raté ton coup, *cara*. Parce que tu es toujours mariée avec moi.

— Eh bien, divorçons.

— Désolé, mais je ne suis pas encore prêt à mettre fin à notre mariage.

Assaillie par une bouffée d'angoisse, elle s'exclama :

— Mais… mais tu es obligé !

Il eut un petit rire grinçant. Même s'il avait réussi à le cacher jusque-là, il était furieux, comprit-elle. Mais contrairement à ce qu'elle espérait, la colère ne le poussait pas à partir…

— Je n'ai aucune obligation, rétorqua-t-il d'un ton sec. C'est moi qui contrôle la situation. Toi en revanche, tu as une dette envers moi. Et j'ai bien l'intention de te faire payer… en nature.

— Tu… tu n'es pas sérieux ! Tu ne penses tout de même pas que je vais accepter !

Lucas haussa les épaules.

— Il serait idiot de refuser… si tu tiens vraiment à retrouver ta liberté.

Elle le fixa avec incrédulité. Ce n'était pas possible… Elle avait dû mal comprendre ! L'homme dont elle était tombée amoureuse autrefois ne lui aurait jamais fait une proposition aussi indécente ! Mais il était vrai qu'elle n'aurait jamais pu imaginer non plus qu'il la tromperait. Et pourtant…

— C'est un chantage odieux. Je n'y céderai jamais.

— Il ne faut jamais dire jamais, Sofie. Je risque de prendre ça pour une provocation. Mais peut-être est-ce ce que tu cherches depuis le début ?

Elle tressaillit.

— Pas du tout ! Pourquoi essaierais-je te provoquer ? Je veux que tu sortes de ma vie, pas que tu y reviennes !

— Désolé, mais ce n'est pas à mon programme pour l'instant. En fait, je suis venu te dire que nous dînions ensemble ce soir.

Sofie faillit s'étrangler d'indignation.

— Pardon ? Il ne t'est pas venu à l'idée que je pouvais avoir d'autres projets ?

— Annule-les.

Ils se mesuraient d'un œil hostile lorsque le téléphone sonna.

— Puis-je répondre, ou bien est-ce que cela dérange tes projets ? demanda-t-elle d'un ton sarcastique.

— Vas-y, je t'en prie.

Avec un peu de chance, si la conversation s'éternisait, Lucas s'en irait, songea-t-elle avec espoir.

— Allô ?

— Salut, beauté, pourquoi ne m'as-tu pas appelé ? s'exclama une voix familière.

Avec un petit rire affectueux, Sofie tourna le dos à Lucas pour discuter plus discrètement avec Nick Colclough, un galeriste de la région qui voulait organiser une exposition de son travail. Jusque-là, elle avait refusé.

— Excuse-moi, Nick, j'ai été très occupée. Tu sais ce que c'est. Tu as passé de bonnes vacances ?

Nick était parti aux Bahamas avec sa famille.

— Fantastiques ! Déjeunons ensemble et je te raconterai.

— Je ne peux pas. J'ai un déjeuner de travail aujourd'hui.

— Alors dînons ensemble. J'ai pensé à une exposition commune avec un autre photographe. J'espère que ça va te faire enfin changer d'avis. Il faut que nous en discutions.

Elle hésita. Il était tentant d'accepter. Ne serait-ce que pour donner une leçon à Lucas… Mais mieux valait rester prudente.

— Pourrions-nous plutôt déjeuner demain ? J'ai… quelque chose de prévu ce soir, ajouta-t-elle en jetant un coup d'œil par-dessus son épaule.

Lucas la fixait d'un regard aigu, constata-t-elle, le cœur battant.

— Avec quelqu'un que je connais ? demanda Nick d'un ton malicieux.

— Non, juste un dîner d'affaires. A demain, Nick. Au revoir.

— Ton petit ami sait-il que tu es mariée ?

Le ton désinvolte de Lucas la hérissa.

— Nick est lui-même marié et très heureux de l'être, répliqua-t-elle d'un ton vif. Notre relation est strictement professionnelle.

— Tant mieux pour lui. Parce que, à partir de maintenant et pendant une période indéterminée, tu ne fréquenteras plus d'autres hommes.

— Tu n'as pas d'ordres à me donner.

— Ce n'était pas un ordre, mais une affirmation. Tu ne fréquenteras plus d'autres hommes parce que tu n'en auras pas envie.

Elle serra les dents. S'il s'imaginait qu'elle allait se plier à ses caprices, il allait être très déçu. Elle n'était pas stupide à ce point…

— Je n'ai pas l'intention de jouer à tes petits jeux !

— Je te ferai changer d'avis.

Il consulta sa montre.

— Pour l'instant, je dois y aller. Je passerai te prendre à 20 heures. Sois prête.

— Je n'ai pas accepté de dîner avec toi !

— Non, mais tu viendras quand même. D'ailleurs tu viens de refuser une autre invitation.

Elle réprima un soupir.

— Tu ne sais pas où j'habite.

— Tu crois vraiment ? Tu serais surprise de savoir tout ce que j'ai découvert à ton sujet au cours des deux derniers jours, Sofie.

Une bouffée de panique la submergea. Pourvu que… ! Mais non. Si Lucas avait découvert qu'elle avait un fils de cinq ans, il le lui aurait déjà fait savoir. Et surtout, il ne serait pas aussi calme…

— Tu habites un cottage à la sortie de la ville, poursuivit-il d'un ton égal. Tu travailles ici depuis deux ans et tu as un compte en banque mais pas de carte de crédit, au nom de Talbot. Exact, jusque-là ?

Elle resta silencieuse.

— Pourquoi ce nom de Talbot ?

Si elle voulait qu'il cesse de fouiller dans sa vie, il valait mieux lui donner quelques renseignements elle-même, décida-t-elle.

— C'est le nom de ma grand-mère maternelle. C'est elle qui m'a donné le goût de la photographie.

— Tu me raconteras ça, ce soir. Il faut que j'y aille. Et Sofie…

Il darda sur elle un regard menaçant.

— N'envisage même pas de te défiler.

Sur ces mots, il quitta le studio. S'affaissant sur le siège situé derrière le bureau, Sofie enfouit son visage dans ses mains. C'était dément ! Elle ne parvenait pas à croire ce qui venait de se passer… Lucas devait avoir perdu la raison. Comment pouvait-il s'imaginer qu'elle accepterait de reprendre des relations avec lui ?

Il fallait trouver un moyen de le faire changer d'avis. Dès ce soir. Pour se débarrasser de lui avant qu'il découvre l'existence de Tom.

Son cœur fit un bond dans sa poitrine. Quand Lucas viendrait la chercher, Tom serait là !

Elle décrocha le téléphone et composa fébrilement un numéro. Une voix familière lui répondit.

— Bonjour Jenny, c'est Sofie. J'ai un immense service à te demander…

Quelques minutes plus tard, elle raccrocha en poussant un soupir de soulagement. Le problème était réglé.

Il ne restait plus qu'à s'armer de courage pour ce dîner à hauts risques.

3.

Le soir, Sofie décida de s'accorder un long bain chaud et parfumé dans l'espoir de se relaxer. Dieu merci, Tom était chez Jenny ! Malgré tout, elle ne pouvait s'empêcher d'avoir mauvaise conscience. Continuer de cacher la vérité à Lucas était indigne. Mais que faire d'autre ? Elle avait trop peur de sa réaction. S'il lui enlevait son fils, elle n'y survivrait pas…

Ecrasée par le remords, elle sortit de la baignoire au bout de quelques minutes. Inutile de se leurrer. Elle ne parviendrait pas à se détendre. Après s'être enveloppée dans un drap de bain, elle regagna sa chambre pour examiner sa penderie.

Le choix était limité. Son budget ne lui permettait pas d'avoir une garde-robe aussi fournie qu'autrefois. De toute façon, il fallait éviter de choisir une tenue trop habillée ou trop sexy. Il ne manquerait plus que Lucas s'imagine qu'elle avait décidé d'accepter sa proposition !

Finalement, elle opta pour une robe en mousseline de soie turquoise avec un corsage à fines bretelles incrusté de perles. Elle n'était plus toute neuve mais elle convenait parfaitement à l'occasion. Avec les sandales et la pochette assorties, ce serait parfait. L'ensemble était d'une élégance sobre et n'avait rien de provocant.

Satisfaite de son choix, elle se sécha les cheveux, se maquilla légèrement et s'habilla. Elle finissait d'attacher les lanières de ses sandales lorsque la sonnerie retentit.

Après s'être jeté un dernier coup d'œil dans le miroir, elle descendit au rez-de-chaussée en inspirant profondément et en s'exhortant à garder son sang-froid. Dès qu'elle ouvrit la porte, elle perdit tout espoir d'y parvenir.

Si l'autre soir Lucas était séduisant, aujourd'hui il était sublime… Le cœur battant à tout rompre, elle promena un regard ébloui sur son smoking, manifestement taillé sur mesure. Pourquoi était-il aussi beau ? se demanda-t-elle avec désespoir. Malheureusement pour elle, il avait raison. Son désir pour lui était vivace…

— Splendide, commenta-t-il en promenant sur elle un regard appréciateur.

Le son de sa voix la ramena à la réalité. Mieux valait éviter de le faire attendre trop longtemps sur le seuil. La visite d'un inconnu risquait d'attirer l'attention des voisins. Mais de toute façon, la luxueuse limousine garée devant la maison n'était pas particulièrement discrète, constata-t-elle presque aussitôt. Elle n'avait pas prévu ça… Pourvu que Tom ne l'aperçoive pas par la fenêtre !

— Entre, déclara-t-elle précipitamment en s'écartant.

Assaillie par l'odeur évocatrice du parfum de Lucas, elle fut submergée par une bouffée de nostalgie. Du calme ! Le passé appartenait à un autre monde, désormais inaccessible. Elle referma la porte, prit une profonde inspiration et suivit Lucas dans le salon.

Immobile au milieu de la pièce, il examinait attentivement le décor. Pourvu qu'aucun jouet de Tom n'ait échappé à sa vigilance ! pria-t-elle intérieurement, l'estomac noué.

Se tournant vers elle, il sortit une petite boîte de sa poche et la lui tendit.

— Tiens, c'est pour toi.

Un écrin portant le sigle d'un prestigieux joaillier… Stupéfaite, elle bredouilla :

— Je… je ne peux pas accepter.

Une lueur moqueuse s'alluma dans les yeux turquoise.

— Pourquoi pas ? C'est un cadeau que je t'ai acheté le jour où tu m'as quitté. Je voulais te l'offrir en gage de mon amour. Je ne pouvais pas me douter que celui-ci n'était pas partagé. Néanmoins, un cadeau est un cadeau et personne d'autre ne portera ce bijou. Ouvre l'écrin, *cara*. Il ne te mordra pas, insista-t-il d'une voix suave.

Elle déglutit péniblement. Que faire ? Si elle refusait, ne risquait-elle pas de provoquer la colère de Lucas ? Elle ouvrit l'écrin avec des doigts tremblants. A la vue du diamant taillé en larme, accroché à une fine chaîne en or blanc, elle eut le souffle coupé. S'il l'avait vraiment acheté le jour de son départ, il n'était pas difficile de deviner ce qu'il avait ressenti en arrivant à la maison…

— Je ne peux pas accepter, murmura-t-elle d'une voix étranglée en lui tendant l'écrin.

Il prit le pendentif et se plaça derrière elle.

— Dès que j'ai vu ce collier, j'ai su qu'il était pour toi, déclara-t-il sur le ton de la conversation en lui passant la chaîne autour du cou avant de l'attacher. Bien sûr, j'étais aveuglé par mon amour pour toi, mais peu importe. Je me suis rapidement rendu compte de mon erreur. Cependant, j'avais raison sur un point. Il te va à ravir.

Revenant en face d'elle, il la contempla d'un air admiratif.

— Non ! s'exclama-t-elle en tentant de détacher le pendentif d'une main. Je ne peux pas l'accepter !

A son grand désespoir, ses doigts tremblaient tant qu'elle ne parvint pas à ouvrir le fermoir. Quel cauchemar ! L'idée que Lucas lui avait acheté ce bijou le jour de son départ était insupportable !

— Enlève-le-moi, s'il te plaît, murmura-t-elle d'une voix suppliante.

Il secoua la tête.

— Laisse-le où il est. Au moins pour ce soir. Ensuite, tu pourras en faire ce que tu voudras. Mais moi, je ne peux pas me résoudre à te l'enlever.

— Tu es devenu fou !

— Parce que j'ai envie d'offrir à ma femme un bijou digne de sa beauté ? Aucun médecin ne jugerait bon de m'enfermer pour ça. Garde-le à ton cou, Sofie. Et puisque cela t'est si désagréable, considère que c'est une punition. Une façon de régler une partie de ta dette envers moi.

Le cœur de Sofie se serra. Argument imparable… Réprimant un soupir, elle ferma l'écrin et caressa du bout des doigts la pierre qu'elle sentait contre sa peau.

— D'accord, mais seulement ce soir. Je n'oserai jamais continuer à porter un bijou aussi précieux. Il doit coûter une fortune, ajouta-t-elle, au comble de l'embarras.

Il haussa les épaules.

— Mon grand-père m'a appris qu'un gentleman ne devait jamais parler d'argent. Malgré tout, je tiens à te rassurer. Cet achat n'a pas mis en péril le patrimoine familial.

Redoutée par ses concurrents pour son sens des affaires, mais également réputée pour sa philanthropie, la dynastie Antonetti était à la tête d'une immense fortune.

— Comment vont tes parents ? demanda Sofie avec un pincement au cœur.

Elle s'entendait si bien avec eux autrefois… Ils devaient lui en vouloir terriblement d'avoir quitté leur fils sans un mot d'explication.

— Leur as-tu dit que tu m'avais revue ?

— Ils vont bien, et non, je ne leur ai pas parlé de notre rencontre. Comme tu peux t'en douter, ils ont très mal pris ton départ. Ils te considéraient comme leur fille et ton attitude les a beaucoup déçus.

Une fois de plus, Sofie s'efforça de réprimer le remords qui l'assaillait. Après tout, c'était la conduite de Lucas qui l'avait poussée à partir… Et il était très tentant de lui rappeler sa trahison. Mais non, mieux valait ne pas remuer le passé.

— Je suis navrée pour eux, mais je préférerais ne pas revenir là-dessus, déclara-t-elle d'une voix crispée.

Il eut une moue de dérision.

— Bien sûr… De toute façon, je ne suis pas venu ici pour te parler de ma famille. Du moins, pas pour l'instant. Es-tu prête ? J'ai réservé une table pour 20 h 30.

— Il faut juste que j'aille chercher mon sac.

Une fois dans sa chambre, Sofie s'affaissa sur le siège devant sa coiffeuse. Elle se regarda dans le miroir. Le pendentif que lui avait offert Lucas était une pure merveille. Sa gorge se noua. Dire qu'en le voyant il avait pensé à elle… A cette pensée, elle faillit fondre en larmes. Quelle idiote ! se morigéna-t-elle aussitôt. Quand il lui avait acheté ce bijou, il sortait des bras d'une autre femme ! Comment pouvait-elle encore l'aimer ?

Elle poussa un profond soupir. C'était plus fort qu'elle… Son amour pour lui était indestructible. Et porter ce collier alors que tout était fini entre eux se révélait presque douloureux physiquement. Cependant, si Lucas y tenait, mieux valait lui accorder cette satisfaction. Parce qu'elle ne se plierait pas à ses autres exigences. Il était hors de question qu'il se passe quoi que ce soit entre eux. Il fallait qu'il le comprenne et qu'il renonce à la revoir.

Elle se leva, prit sa pochette et son châle sur le lit, puis elle se jeta un dernier coup d'œil dans le miroir. Cette soirée n'était qu'un mauvais moment à passer. Pour Tom, il fallait être forte.

Lorsqu'elle rejoignit Lucas dans le salon, il lui offrit le bras.

Le cœur battant, elle resta immobile.

Elle devait à tout prix éviter le moindre contact physique avec lui ! Elle était beaucoup trop vulnérable…

— Fais-moi plaisir, insista-t-il d'une voix suave mais le regard menaçant.

Déglutissant péniblement, elle s'exécuta.

— Encore une punition ? demanda-t-elle d'un ton qu'elle espérait léger.

— Tu ne me feras pas croire que me toucher est une punition pour toi, *cara*, répliqua-t-il d'un ton railleur. Aurais-tu oublié qu'autrefois tu ne pouvais pas t'en empêcher ?

Le cœur de Sofie se serra. Comment pourrait-elle l'avoir oublié ?

— Je te rappelle que j'ai seulement accepté de dîner avec toi, fit-elle valoir d'une voix étranglée.

— Ce soir, peut-être... Mais j'ai bien l'intention d'obtenir réparation un jour ou l'autre. Et ce dîner va justement nous permettre de discuter des conditions dans lesquelles tu t'acquitteras de ta dette.

— Eh bien, j'espère que tu es prêt à discuter tout seul.

— Ne t'inquiète pas, *amore*. Après la façon dont tu m'as quitté, je suis prêt à tout.

Ils quittèrent la maison et s'installèrent à l'arrière de la limousine. Lucas avait manifestement déjà donné ses instructions au chauffeur, songea Sofie lorsque ce dernier démarra dès qu'ils eurent attaché leur ceinture.

— Où allons-nous ?

— Un collègue m'a recommandé un restaurant sur la côte, pas très loin d'ici. Il paraît que le poisson y est excellent. Ça nous rappellera notre première rencontre. Tu te souviens de ce petit restaurant à Bali ?

Bien sûr ! songea-t-elle avec tristesse. Tout ce qu'ils avaient vécu ensemble était gravé dans sa mémoire à tout jamais... Elle était partie en vacances avec un groupe d'amis, mais l'un d'entre eux faisait tout son possible pour donner à leur relation un tour nouveau. Ce dont elle n'avait aucune envie. Exaspérée par ses avances, elle avait quitté la table pour se promener sur la jetée. C'était là que Lucas l'avait rejointe, quelques instants plus tard…

— Vous avez eu raison de vous échapper, déclara une voix profonde.

Sofie se tourna vers l'homme qui venait de s'accouder à la rambarde à côté d'elle. Eblouie, elle sentit son cœur s'affoler dans sa poitrine. Ces yeux turquoise étaient sublimes ! Et jamais elle n'avait vu un regard aussi pénétrant…

— Pardon ? dit-elle, plus pour avoir le temps de reprendre ses esprits que parce qu'elle avait mal entendu.

— Vous avez eu raison de laisser votre ami en plan. Mais j'espère que vous n'allez pas me réserver le même sort.

Elle ne put s'empêcher de rire.

— Vous ne croyez pas que vous allez un peu vite ? Nous ne nous connaissons même pas !

— Non, mais nous n'allons pas tarder à devenir intimes.

Les jambes tremblantes, elle s'appuya contre la rambarde en s'efforçant de prendre un air désinvolte.

— N'ai-je pas mon mot à dire ?

— Bien sûr. C'est vous qui déciderez où et quand. C'est une certitude. Vous le savez aussi bien que moi.

Elle prit une profonde inspiration.

— Cette méthode vous réussit, habituellement ?

— Je n'ai pas de méthode particulière. Je m'adapte aux circonstances.

Seigneur ! Le sourire de cet homme était aussi fascinant que son regard… S'efforçant de masquer son trouble, Sofie arqua les sourcils.

— Et vous pensez que celle-ci devrait être efficace avec moi ?

— Je pense, oui. Déjà, vous êtes intriguée et vous avez envie d'en savoir plus.

— Ce que j'aimerais savoir avant tout c'est votre nom. Vous en avez un, je suppose ?

— Lucas Antonetti. Et vous, vous vous appelez Sofie Palmer. J'ai demandé à un de vos amis.

Elle sentit son cœur faire un bond dans sa poitrine. Il avait pris la peine de se renseigner ? Elle devait donc vraiment lui plaire…

— Vous ne seriez pas un fou échappé de l'asile ? plaisanta-t-elle.

— Non, rassurez-vous. Cependant, vous avez certainement le pouvoir de rendre fou n'importe quel homme. Tenez-vous toujours les promesses qui brillent dans vos magnifiques yeux verts ?

Elle fut parcourue d'un long frisson.

— Ça dépend. Il paraît qu'ils crachent du feu quand je suis en colère, mais je n'ai encore jamais brûlé personne.

— Ça, je n'en crois rien. La passion qui couve dans votre regard a déjà dû enflammer plus d'un homme.

— Etes-vous toujours aussi direct ?

— Seulement quand la situation le permet. En ce moment même, par exemple, je préfère ne pas vous dire toutes les pensées qui me traversent l'esprit. Pour cela, il faudrait que nous soyons en tête à tête dans un endroit plus discret.

Pas de doute, il savait s'y prendre, reconnut-elle intérieurement. Au lieu d'être agacée par son aplomb, elle était irrésistiblement attirée par cet homme.

— Dites-moi, Lucas Antonetti, votre nom devrait-il me dire quelque chose ?

— Si le monde des affaires internationales vous était familier, vous le connaîtriez.

Elle eut un sourire mi-charmeur mi-malicieux.

— Je suis très impressionnée. Je ne crois pas avoir déjà été courtisée par un homme d'affaires.

— Dans ce cas, c'est une première pour tous les deux. Je ne me suis jamais intéressé à une… Sofie Palmer.

Fascinée par les yeux étincelants de Lucas Antonetti, elle resta un instant silencieuse avant de demander d'une voix étranglée :

— Que fait-on, maintenant ?

Il poussa un soupir exagérément profond.

— J'ai bien une idée, mais je crains de vous choquer.

Electrisée, elle se mordit la lèvre. Jamais son corps n'avait réagi avec une telle intensité à ce genre de suggestion. C'était d'autant plus surprenant que depuis un certain temps, les hommes ne lui inspiraient plus qu'une profonde méfiance…

— Vous ne croyez pas que vous brûlez les étapes ?

— Rassurez-vous, je suis capable de prendre mon temps.

A l'arrière de la limousine, Sofie laissa échapper un petit soupir nostalgique. Lucas avait pris tout son temps. Malgré l'attirance irrésistible qui les poussait l'un vers l'autre, il lui avait fait la cour et plusieurs jours s'étaient écoulés avant qu'ils s'abandonnent à la passion. Ils avaient passé ensemble des moments inoubliables. Et lorsqu'elle avait dû quitter Bali pour rentrer en Angleterre, certaine que leur histoire ne survivrait pas aux vacances, elle avait cru qu'elle ne s'en remettrait jamais. Elle ne se doutait pas du tout que leur rencontre aboutirait au plus merveilleux des mariages. Puis à la plus cruelle des trahisons…

— Sofie ?

La voix de Lucas l'arracha à ses souvenirs. Pourquoi ce

regard pénétrant ? Elle avait l'impression d'être un insecte disséqué par un entomologiste…

— On est arrivés ? demanda-t-elle pour masquer son trouble.

— Presque. A quoi pensais-tu ? Tu semblais à des milliers de kilomètres.

Pas question de lui répondre franchement ! Elle se redressa et lissa sa robe avec application.

— J'étais en train de m'assoupir. Je ne dors pas très bien en ce moment.

Il arqua un sourcil moqueur.

— Des problèmes de conscience ?

— Moi ? Quelle idée ! s'exclama-t-elle avec une désinvolture qu'elle était loin de ressentir.

Il fallait donner le change à tout prix. Si elle laissait apparaître la moindre faille dans son armure, Lucas risquait de s'y infiltrer et de découvrir son secret.

Il secoua la tête.

— Je ne t'imaginais pas aussi insensible. Mais sans doute étais-je aveuglé par l'amour. Peu importe. Aujourd'hui, j'ai perdu mes œillères. Tu n'auras pas l'occasion de me duper une seconde fois, *cara*.

« Et toi non plus », songea-t-elle en regardant ostensiblement par la vitre. Comment osait-il la juger ? Sans doute considérait-il son départ comme un crime impardonnable, et sa propre infidélité comme une vétille !

Ils restèrent l'un et l'autre silencieux jusqu'à ce que la limousine s'arrête devant un restaurant. La salle était pleine mais on les conduisit jusqu'à une table à l'écart, avec vue sur la mer. Une fois que le serveur eut pris la commande et apporté un verre de vin blanc pour Sofie et un whisky pour Lucas, ce dernier demanda :

— Nerveuse, *cara ?*

Elle tressaillit, prenant conscience qu'elle ne cessait de tourner son verre entre ses doigts.

— Cesse de m'appeler comme ça, s'il te plaît, répliqua-t-elle d'un ton brusque. Je ne suis plus ta « chérie » depuis longtemps. Et c'est d'ailleurs pour cette raison que je suis nerveuse. J'aimerais que tu me dises exactement quel est l'objet de ce dîner.

Lucas se cala dans son siège avec un sourire inquiétant.

— Si tu commençais par m'expliquer pourquoi tu m'as quitté ?

Elle se raidit. N'avait-il donc pas cru ce qu'elle lui avait dit ?

— Pourquoi cette question ?

— En me quittant comme tu l'as fait, tu as foulé aux pieds mon amour-propre. Tu me dois au moins une explication honnête.

Elle sentit son estomac se nouer. Pas de doute, il estimait qu'elle ne lui avait pas dit la vérité.

— Je t'en ai déjà donné une.

— Invente un autre mensonge. Quand tu finiras par approcher de la vérité, je le saurai.

De plus en plus nerveuse, elle saisit la première idée qui lui traversa l'esprit.

— Je m'ennuyais. Satisfait ?

Lucas eut un large sourire.

— Pas du tout. Je connais bien les femmes et tu ne t'ennuyais jamais quand tu étais avec moi.

Comment pouvait-il être aussi sûr de lui ? La colère étouffa momentanément l'angoisse de Sofie.

— C'est la réflexion la plus arrogante que j'aie jamais entendue ! Et la plus insultante. Je n'étais pas — je ne suis pas — comme les autres femmes !

Il se pencha vers elle.

— C'est vrai. Tu étais spéciale. A tel point que j'aurais renoncé au monde entier pour toi.

A son grand dam, elle sentit sa gorge se nouer.

— Je ne te l'ai jamais demandé !

Tout ce qu'elle attendait de lui c'était qu'il ne trahisse pas sa confiance… Or, il s'était empressé de la tromper à peine rentré de leur voyage de noces ! Si elle n'avait pas craint qu'il en profite pour tenter de la reconquérir et qu'il finisse par apprendre l'existence de Tom, elle se serait fait un plaisir de lui donner la vraie raison de son départ… Peut-être aurait-elle dû le contraindre à reconnaître sa trahison à l'époque. Mais elle avait choisi de partir pendant qu'elle en avait encore le courage. Et aujourd'hui, il était trop tard pour revenir en arrière.

— Non, en effet, tu ne me l'as jamais demandé, répliqua-t-il avec un petit rire grinçant. Si tu m'avais aimé comme tu le prétendais, tu l'aurais peut-être fait !

Elle faillit s'étrangler. C'était un comble ! Elle l'avait aimé éperdument ! Et pour son malheur elle l'aimait encore… Peut-être l'avait-il aimée lui aussi. Peut-être était-il sincère. Mais cela ne l'avait pas empêché d'avoir une aventure. Ce qui rendait sa rancune d'autant plus difficile à supporter !

Elle se leva.

— Ce dîner n'a aucun sens. Discuter ne sert à rien. Il faut me laisser tranquille, Lucas.

Il la retint par le poignet.

— Impossible, *amore.* Comme je te l'ai déjà dit, je me suis rendu compte avec surprise que je te désirais encore. Et avant de repartir, j'ai bien l'intention d'assouvir ce désir.

4.

Le souffle coupé, Sofie resta un instant sans voix. Elle se rassit lentement.

— Il est hors de question qu'il se passe quoi que ce soit entre nous, Lucas. Lâche-moi et laisse-moi partir.

Ignorant cette injonction, il se mit à lui caresser la paume du bout du pouce.

— Ne t'inquiète pas. Cette fois, je ne te demande pas de t'engager pour la vie. Mais une semaine ou deux, qu'est-ce que ça représente, si ça te permet d'obtenir la liberté à laquelle tu tiens tant ?

Elle réprima un long frisson. Cette voix chaude et profonde avait toujours eu le pouvoir de la faire fondre… Oh, il était si tentant d'accepter ! Comment le nier ? Retrouver les bras de Lucas aurait été le paradis. Mais ensuite ? Que lui resterait-il à part de nouveaux regrets ? Et de toute façon, comment continuer à lui cacher l'existence de Tom pendant plusieurs semaines ?

S'efforçant d'ignorer la chaleur qui se répandait dans tout son corps, elle retira sa main de celle de Lucas.

— C'est impossible. Je n'en ai aucune envie.

Il fallait à tout prix résister. Pour Tom.

— Dis plutôt que tu en meurs d'envie.

— Non, tu te trompes.

Lucas eut un sourire narquois.

— Pas du tout. Et je pourrais te le prouver immédiatement. Mais on nous jetterait dehors, alors je vais m'abstenir. J'ai trop envie de dîner.

Assaillie par l'image de Lucas en train de lui faire l'amour sur la table, Sofie fut envahie par une vive chaleur. Seigneur ! Elle devait être écarlate. Dieu merci, la lumière était assez tamisée pour masquer son trouble...

— Ces propos sont parfaitement déplacés, déclara-t-elle d'un ton crispé.

Il eut un petit rire rauque.

— Allons, ne prends pas cet air scandalisé ! Je veux bien admettre que tu n'as jamais montré de penchants pour l'exhibitionnisme, mais en privé tu étais une amante passionnée et dénuée de toute inhibition. Est-il surprenant que je veuille goûter de nouveau au plaisir de faire l'amour avec toi ?

Des souvenirs brûlants s'imposèrent à Sofie. Quelle torture ! Pourquoi ne pouvait-elle pas effacer une fois pour toutes de sa mémoire les moments passés dans les bras de Lucas ?

— Nous étions mariés, s'empressa-t-elle de rappeler.

— Nous le sommes toujours.

— Ne joue pas sur les mots. Je ne veux plus de toi dans ma vie, même pour quelques jours.

Pourvu qu'il renonce ! Pourvu qu'elle parvienne à le convaincre de la laisser tranquille !

Il lui lâcha la main.

— En me quittant, tu m'as mis devant le fait accompli, mais cette fois c'est moi qui dicte les règles du jeu. N'oublie pas que j'ai un atout majeur. Le divorce dépend de mon bon vouloir. Si tu veux retrouver ta liberté, il faut m'accorder ce que je réclame.

Elle but une longue gorgée de vin, le temps de réfléchir à une parade.

— D'un point de vue purement pratique, c'est impossible à cause de nos obligations professionnelles respectives. Je ne peux pas quitter la région et toi, tu ne peux pas y rester indéfiniment.

— Désolé de te décevoir, *cara,* mais j'ai justement des vacances à prendre depuis longtemps et le moment me paraît idéal.

Au grand soulagement de Sofie, le serveur arriva au même instant avec leurs plats. Seigneur ! C'était la pire nouvelle qu'il pouvait lui annoncer ! Comment se sortir de ce guêpier ?

Elle tourna et retourna cette question dans son esprit tout en feignant de se concentrer sur le contenu de son assiette. Mais elle avait beau adorer les fruits de mer, elle parvint à peine à avaler quelques bouchées. Lucas en revanche faisait honneur à son plat, constata-t-elle. Ce qui lui coupa encore plus l'appétit. Renonçant à faire semblant de manger, elle repoussa son assiette.

— Un problème avec les fruits de mer ? demanda Lucas d'un ton plein de sollicitude. Je peux demander qu'on t'apporte autre chose.

Elle serra les dents. Nul doute qu'il savait aussi bien qu'elle pourquoi elle ne mangeait pas.

— C'est très bon, mais je n'ai pas faim, déclara-t-elle sèchement.

— Ah. Je comprends ce que tu ressens. C'est très contrariant de constater que la situation vous échappe. Quand j'ai découvert que tu m'avais quitté, j'ai perdu l'appétit. Par la suite, c'est la colère qui a pris le dessus. Et l'autre soir, je me suis aperçu que malgré ma rancune, je te désirais encore. Aujourd'hui, je ne vois qu'un seul moyen de t'oublier une fois pour toutes. Assouvir mon désir pour toi. C'est seulement lorsqu'il sera éteint que nous serons enfin libres l'un et l'autre.

Le cœur de Sofie se serra. Ça paraissait si simple… Malheureusement, cette solution était inenvisageable.

— Il n'en est pas question, je te l'ai déjà dit. Pour que

nous retrouvions notre liberté, il suffit que tu t'en ailles et que tu demandes le divorce.

Lucas haussa les épaules.

— Il semble que nous soyons dans une impasse.

Apparemment, il n'était pas contrarié le moins du monde, constata-t-elle avec surprise. Pourquoi ?

Il demanda l'addition, paya et se leva pour lui tenir sa chaise.

De plus en plus perplexe, Sofie se leva à son tour et le précéda jusqu'à la sortie. Mais alors qu'elle se dirigeait vers le parking, il la prit par le bras et l'entraîna vers le rivage.

— Il est encore tôt. J'ai envie de marcher.

Elle s'immobilisa.

— Pas moi.

Il arqua un sourcil narquois.

— Même si tu risques d'apprendre quelque chose dont tu pourrais tirer parti ?

— Quoi donc ?

— Ah…

Il eut un petit sourire moqueur.

— Pour le savoir, il faut accepter de m'accompagner. Tu viens ? demanda-t-il en lui offrant le bras.

Après un instant d'hésitation, elle le suivit.

— Eh bien, ce n'est pas une épreuve si terrible, n'est-ce pas ? commenta-t-il d'un ton moqueur.

L'air de la nuit était doux et le clapotis des vagues renforçait le charme de l'atmosphère. Autrefois, une promenade aussi romantique l'aurait comblée de bonheur, songea tristement Sofie. Aujourd'hui, c'était une épreuve cruelle. Quelle torture d'être en compagnie de l'homme qu'on aimait alors que cet amour n'était plus partagé ! Si seulement la situation n'avait pas été aussi inextricable… Mais les contes de fées étaient réservés aux enfants. Les adultes devaient assumer leurs choix et vivre avec.

Ils avaient laissé loin derrière eux les lumières du restaurant lorsque Lucas rompit le silence.

— Je m'attendais à ce que tu résistes, mais je ne pensais pas que tu tiendrais aussi longtemps.

Elle déglutit péniblement.

— Tu croyais que je ne pourrais pas m'empêcher de me jeter dans tes bras ?

Il s'immobilisa et lui fit face.

— Ose me dire que tu n'éprouves rien pour moi.

Elle sentit son cœur faire un bond dans sa poitrine. Aurait-il deviné qu'elle l'aimait encore ? Il ne manquerait plus que ça !

— Que veux-tu dire ?

— Que tu me désires toujours autant.

— L'attirance physique ne suffit pas, fit-elle valoir, submergée par un immense soulagement.

— Pour ma part, c'est tout ce que j'attends de toi.

Elle eut l'impression de recevoir un coup de poignard en plein cœur. Ce n'était pas une découverte, bien sûr. Mais l'entendre formulé de manière aussi brutale était déchirant.

— Eh bien tu vas être déçu, parce que ce n'est pas réciproque. Je ne céderai pas.

Lucas s'esclaffa.

— Sofie ! Comment peux-tu proférer un mensonge aussi éhonté !

Refermant une main sur sa nuque, il s'empara de sa bouche. Prise au dépourvu elle leva les mains pour le repousser, mais celles-ci se refermèrent traîtreusement sur ses épaules et ses lèvres s'entrouvrirent d'elles-mêmes. Approfondissant aussitôt son baiser, Lucas mêla sa langue à la sienne, exigeant une réponse qu'elle était de toute façon incapable de lui refuser. Comment résister ? C'était impossible… Pas plus qu'autrefois, elle ne pouvait lutter contre le feu que Lucas allumait en elle. C'était si bon de retrouver sa bouche après tout ce temps.

De sentir son corps contre le sien… S'alanguissant contre lui, elle noua les bras sur sa nuque. Mais presque aussitôt, il s'arracha à ses lèvres et s'écarta d'elle.

— Je croyais que tu ne me désirais pas, ironisa-t-il avec un petit sourire satisfait.

S'efforçant d'ignorer sa frustration, elle se maudit. Quelle idiote ! Comment avait-elle pu se laisser prendre aussi facilement à ce piège ?

— C'est un coup bas !

Il haussa les épaules avec désinvolture.

— En tout cas, ça m'a permis de prouver que j'avais raison. Contrairement à ce que tu prétends, tu me désires toujours. Et tu es toujours aussi passionnée.

Comment le nier ? Dépitée, elle lança avec agressivité :

— Ça ne change rien à ma décision !

— Si j'étais toi, je réfléchirais bien.

— Vraiment ? Que comptes-tu faire ?

Le visage de Lucas se ferma.

— Tu n'as aucune idée de ce dont je suis capable.

Elle fut envahie par un grand froid. C'était la première fois qu'il employait avec elle ce ton menaçant. Si jamais il apprenait l'existence de Tom… Mais pas question de lui montrer qu'elle avait peur.

— Que dois-je comprendre ? Que tu es prêt à employer la force ?

— T'ai-je jamais menacée physiquement ?

En réalité, elle ne le croyait pas capable de violence. Mais après tout, il l'avait trompée alors qu'elle le prenait pour un mari exemplaire… Elle releva le menton.

— Il y a un début à tout.

— Je n'ai jamais levé la main sur une femme. Et ça ne m'arrivera jamais, quelles que soient les circonstances. J'aurais pourtant juré que tu le savais. Ça prouve à quel point je me suis trompé à ton sujet. Je crois qu'il vaut mieux que je te raccompagne chez toi.

Il fit demi-tour et repartit vers le parking à grands pas. Le cœur serré, elle le suivit. Peut-être était-elle parvenue à ses fins ? Peut-être allait-il la laisser tranquille ? Pourtant, elle s'était rarement sentie aussi malheureuse...

Le trajet du retour lui sembla excessivement court. Lorsque la limousine s'engagea dans sa rue, elle demanda d'une voix mal assurée :

— Que comptes-tu faire maintenant ?

Il lui jeta un regard noir.

— Ne t'inquiète pas, tu ne me reverras plus. Bien joué, *cara*. Tu as ce que tu voulais !

Comme la victoire était amère ! songea-t-elle en descendant de voiture, au bord des larmes.

Lucas la raccompagna jusqu'au portail. Elle était sur le point de le remercier pour le dîner lorsqu'un cri retentit.

— Maman !

Pétrifiée, elle vit Jenny sortir de son jardin avec Tom.

— Sofie, je suis désolée mais Tom est malade et il te réclame.

Le petit garçon se jeta dans les bras de Sofie et pressa une joue trempée de larmes contre son cou.

— Tout va bien, mon chéri. Maman est là, murmura-t-elle, en lui caressant les cheveux. Merci, Jenny. Je te verrai demain.

Elle suivit un instant la jeune femme des yeux avant de se tourner vers Lucas, l'estomac noué. Dire qu'il semblait surpris serait un euphémisme... Il regardait Tom d'un air abasourdi.

— Il faut que je le couche, s'empressa-t-elle de déclarer avant qu'il ait le temps de faire le moindre commentaire.

Elle se dirigea vers la porte en fouillant fébrilement dans son sac. Sans un mot, Lucas lui prit ce dernier des mains, en sortit les clés et ouvrit la porte. Cherchant à tâtons l'interrupteur, il alluma la lumière.

Sofie lui jeta un coup d'œil et son cœur se serra. L'émotion qui brillait dans ses yeux était impressionnante... Elle reporta son attention sur Tom.

— Viens, mon cœur, je vais te mettre au lit, murmura-t-elle en montant les marches, les jambes tremblantes.

Elle prit une profonde inspiration. Il fallait qu'elle parvienne à garder un semblant de sérénité pour ne pas perturber son fils... Tandis qu'elle le mettait au lit et le bordait tendrement, son cœur tambourinait dans sa poitrine. Ce qu'elle redoutait le plus au monde venait juste de se produire... Qu'allait-il se passer, à présent ?

Une fois dans son lit, rassuré par la présence de sa mère, Tom s'endormit rapidement. Sofie quitta sa chambre à contrecœur quelques instants plus tard pour regagner le rez-de-chaussée. Elle retrouva Lucas dans le salon, debout devant la fenêtre.

Il se tourna vers elle, le visage impénétrable.

— Comment va-t-il ?

— Il dort. Je ne pense pas qu'il soit vraiment malade. Il a dû trop s'exciter. Tu sais comment sont les enfants...

— Non je ne sais pas, rétorqua-t-il sèchement. Mon expérience dans ce domaine est inexistante.

Au comble de l'angoisse, elle déglutit péniblement.

— Lucas, je...

— Pourquoi me l'as-tu caché ? coupa-t-il d'une voix vibrante de colère.

— Je ne...

Un rire amer l'interrompit.

— N'envisage même pas de me mentir ! De quoi avais-tu peur ? Que je le reconnaisse ? C'est ça, n'est-ce pas ? Tu savais que dès l'instant où je le verrais, je comprendrais. Il est mon portrait craché !

Il lui tourna le dos, comme s'il craignait de ne pas pouvoir contenir sa colère.

Après un long silence, il se tourna de nouveau vers elle.

— Pourquoi as-tu fait ça ?

La gorge de Sofie se noua. Quelle amertume dans sa voix !

— J'ignorais que j'étais enceinte quand je suis partie. Et lorsque je m'en suis aperçue, je me suis dit que ça ne t'intéresserait pas de le savoir.

Il crispa la mâchoire.

— Que ça ne m'intéresserait pas ? De savoir que j'allais être père ? Bon sang ! Comment as-tu osé me priver de mon fils ?

Des larmes brouillèrent la vue de Sofie. Que dire ? Rien ne pouvait justifier son attitude et elle le savait parfaitement.

— J'ai pensé que c'était la meilleure solution.

Les yeux de Lucas lancèrent des étincelles.

— Pour qui ? Certainement pas pour moi ni pour l'enfant !

— Tom, rectifia-t-elle d'une voix étranglée. Il s'appelle Tom. Thomas Luke, comme mon père et… le sien.

Lucas resta silencieux un instant avant de demander :

— Et son nom de famille ?

— Officiellement, c'est Antonetti. Mais ici, nous nous appelons tous les deux Talbot.

Il darda sur elle un regard méprisant.

— Pour éviter que je te retrouve ! Dommage pour toi que mes affaires m'aient conduit dans la région, n'est-ce pas ? Sinon, je n'aurais peut-être jamais appris la vérité !

Sofie avait de plus en plus de mal à lutter contre l'angoisse qui la submergeait. Il était hors de lui… Qu'allait-il faire à présent ? Sa vengeance risquait d'être terrible. Elle croisa les doigts pour empêcher ses mains de trembler.

— Et maintenant ?

— Maintenant ? Je ne sais pas ! Mais il ne m'est arrivé qu'une seule fois d'être aussi furieux et j'ai failli perdre mon sang-froid. Alors je te conseille de ne plus dire un seul mot. Sinon, je ne réponds plus de mes actes !

Il arpenta la pièce pendant un moment, puis il s'immobilisa et passa les mains dans ses cheveux.

— Il faut que je sorte d'ici ! J'ai besoin de réfléchir et je ne peux pas le faire dans cette maison. Mais je reviendrai demain.

Il se dirigea à grands pas vers la porte.

— Et cette fois, inutile de t'enfuir, ajouta-t-il avant de sortir. Je finirai par te retrouver et à ce moment-là tu regretterais d'être née !

Sur ces mots, il s'en alla. Elle s'affaissa sur le canapé et enfouit son visage dans ses mains. Mon Dieu ! C'était un véritable cauchemar ! Il allait lui prendre Tom ! C'était évident. C'était le meilleur moyen de se venger d'elle…

Elle bondit sur ses pieds. Il n'y avait pas une seconde à perdre. Il fallait partir. Disparaître de nouveau.

Mais presque aussitôt, elle retomba sur le canapé. A quoi bon ? Lucas l'avait prévenue. Il ne fallait pas espérer lui échapper. Qu'allait-elle devenir ?

Elle éclata en sanglots. Quel gâchis… Pourquoi le sort s'acharnait-il contre elle ? Et Tom, comment allait-il réagir ? Peu à peu, ses pleurs finirent par s'apaiser et elle poussa un soupir de résignation. Il n'y avait qu'une seule chose à faire.

Attendre et prier pour ne pas tout perdre.

5.

Consciente qu'elle serait incapable de trouver le sommeil, Sofie ne se coucha pas. Toute la nuit, elle resta recroquevillée sur le canapé en attendant que le jour se lève.

A l'aube, elle monta à l'étage pour prendre sa douche et se changer, après avoir remis dans son écrin et rangé au fond du tiroir de sa coiffeuse le pendentif que lui avait offert Lucas.

Apparemment rétabli, Tom se réveilla aussi enjoué qu'à l'ordinaire. Soulagée, elle l'accompagna à l'école. Mieux valait éviter qu'il surprenne sa prochaine conversation avec Lucas… Avant de le quitter, elle le serra dans ses bras plus longuement que d'habitude, puis la mort dans l'âme, elle regagna le cottage pour attendre Lucas.

Persuadée qu'il viendrait tôt, elle était à bout de nerfs quand elle finit par entendre une voiture s'arrêter devant la maison en fin d'après-midi. Elle se dirigea vers la porte, les jambes tremblantes. De la nuit, elle n'avait cessé d'imaginer le moment où Lucas lui annonçait froidement qu'il avait décidé de lui prendre Tom… Pourvu que cette scène ne soit pas sur le point d'avoir réellement lieu !

Elle ouvrit la porte. Lucas venait de descendre de voiture et il était seul. Pas de limousine ni de chauffeur en vue. Malgré son anxiété, Sofie sentit son cœur s'affoler dans sa poitrine.

En jean et en T-shirt, il lui rappelait cruellement l'homme pour qui elle avait eu le coup de foudre…

Sauf qu'il n'avait plus rien d'un homme amoureux, songea-t-elle tristement alors qu'il approchait, le visage fermé.

— Je vois que tu as décidé de tenir compte de mon avertissement et de ne pas prendre la fuite, déclara-t-il sans préambule. Où est mon fils ?

— A l'école. Il n'est plus souffrant et il a tenu à y aller.

Elle jeta un coup d'œil à sa montre.

— Il ne va pas tarder à rentrer. C'est Jenny qui le ramène. Viens dans la cuisine. Je vais faire du café.

Il la suivit et resta silencieux pendant qu'elle remplissait la cafetière. Lorsqu'elle eut terminé, ils se regardèrent un moment en silence. Ce fut Lucas qui parla le premier.

— As-tu réussi à dormir, cette nuit ?

A en juger par son ton sarcastique, il ne posait pas la question par sollicitude, songea-t-elle avec un pincement au cœur.

— Non. Et toi ?

— Non plus, bien sûr ! Je n'ai pas cessé de me demander comment j'avais pu me tromper à ce point à ton sujet. A présent, je sais que tu ne m'as jamais aimé. Sinon tu n'aurais pas pu me faire ça. Bravo. Tu mériterais un oscar pour la comédie que tu m'as jouée, conclut-il avec un petit rire amer.

Elle se raidit. La raison pour laquelle elle l'avait quitté semblait bien insignifiante par rapport à la situation présente… Inutile de lui expliquer qu'elle n'avait jamais cessé de l'aimer. Il ne la croirait pas.

— Je n'ai pas envie de parler de ça, dit-elle d'une voix étranglée.

— Ça tombe bien, moi non plus. Même si un jour ou l'autre, il faudra que nous ayons une discussion à ce sujet, que tu le veuilles ou non. Pour l'instant, tout ce qui m'intéresse, c'est mon fils. Tu lui as donné mon nom et je suppose que je devrais t'en être reconnaissant, mais que lui as-tu dit d'autre à mon sujet ? Quels mensonges lui as-tu racontés, *cara* ?

Elle tressaillit. Certes, son agressivité était justifiée. Mais en avoir conscience ne la rendait pas plus facile à supporter... D'autant plus qu'il n'allait pas du tout apprécier sa réponse.

— Je lui ai dit que nous ne vivions pas ensemble parce que nous nous étions disputés. Et...

Elle s'éclaircit la voix.

— Et que son papa ne venait pas le voir parce qu'il était très pris par ses affaires, qui l'obligeaient à voyager dans le monde entier.

Lucas eut une moue de dérision.

— Très intelligent. Tu as pensé à tout.

Le sentiment de culpabilité enfoui au plus profond d'elle depuis toujours la submergea et Sofie sentit des larmes lui brûler les yeux. Au prix d'un effort surhumain, elle parvint à les refouler.

— Mais je lui ai dit qu'il ferait peut-être ta connaissance un jour.

— En priant pour que ce jour n'arrive jamais ! Hélas pour toi, il est arrivé et je suis bien déterminé à faire la connaissance de mon fils !

— Je n'ai pas l'intention de t'en empêcher.

Craignant de fondre en larmes, elle lui tourna le dos et s'efforça de se ressaisir le temps de sortir les tasses, le sucre et le lait. Cependant, elle ne put s'empêcher de formuler ses craintes.

— Je sais que tu me hais, Lucas. Et tu as toutes les raisons de le faire. Je n'aurais pas dû agir ainsi. Il est normal que tu veuilles me faire payer ma conduite. Seulement...

Elle dut s'interrompre pour étouffer un sanglot.

— Seulement quoi ?

Voyant qu'elle ne répondait pas, Lucas fit le tour de la table, la prit par les épaules et l'obligea à lui faire face.

— Seulement quoi, Sofie ?

— Ne me prends pas Tom. Je t'en supplie ! J'en mourrais !

Les yeux noyés de larmes, elle ne vit pas la stupéfaction se peindre sur le visage de Lucas.

— Pour l'amour du ciel, Sofie ! Pour qui me prends-tu ? Pour un monstre ? s'exclama-t-il en la secouant. Tu penses vraiment que je serais capable d'arracher un enfant de cinq ans à sa mère uniquement pour me venger ?

— Certains hommes n'hésiteraient pas.

— Eh bien, pas moi ! Si je décidais de demander la garde de Tom, ce serait parce que j'estimerais que c'est la meilleure solution pour lui. Pas parce que sa mère m'a servi le plus odieux des mensonges.

Sofie dut faire appel à toute sa volonté pour ne pas céder à la panique.

— Donc… tu y penses ?

— Tu ne t'imagines tout de même pas que je vais renoncer à mes droits ?

— Et moi ?

Il eut un petit rire méprisant.

— Toi ? Tu m'as privé de lui pendant cinq ans ! Tu ne crois pas que c'est mon tour ?

Elle eut l'impression de recevoir un coup de couteau dans le ventre.

— Tu ne peux pas faire ça !

Il eut un sourire morne.

— Si, je peux. Mais je n'ai encore pris aucune décision.

Il tira une chaise.

— Assieds-toi, je vais servir le café.

Incapable de tenir plus longtemps sur ses jambes, Sofie s'exécuta.

— Que puis-je faire pour te convaincre de ne pas me prendre Tom ?

Il posa une tasse devant elle.

— Te plier à mes volontés, par exemple, *cara*.

Hébétée, elle le regarda s'asseoir en face d'elle.

— C'est-à-dire ?

— Ça dépend jusqu'où tu es prête à aller.

Elle déglutit péniblement.

— Je ferais n'importe quoi.

— N'importe quoi ? Comme c'est agréable à entendre… Il va falloir que je réfléchisse. Que pourrais-je avoir envie de te demander ?

— Et si… je reconsidérais ma réponse ?

Se calant sur sa chaise, il étendit les jambes.

— Reconsidérer ta réponse ? demanda-t-il en haussant les sourcils d'un air perplexe.

— Tu comprends très bien ce que je veux dire.

— Exact. Mais pour en arriver là, il faut que tu sois vraiment désespérée.

— Bien sûr que je suis désespérée ! s'écria-t-elle, à bout de nerfs. J'aime mon fils ! Je ne pourrai jamais vivre sans lui !

Il darda sur elle un regard dur.

— Et moi, je ne veux plus vivre sans lui.

— Je ne t'empêcherai pas de le voir.

— Comme c'est généreux de ta part ! Mais si tu t'imagines que je vais me contenter de ça, tu te trompes lourdement.

Lucas termina sa tasse et la posa sur la table.

— En revanche, puisque tu es prête à faire « n'importe quoi », je vais réfléchir à un arrangement éventuel.

Sofie ouvrit la bouche, puis la referma aussitôt. Jamais elle ne s'était sentie aussi impuissante… Elle se trouvait entièrement à la merci de Lucas.

— Tu t'amuses bien ? lança-t-elle dans un sursaut de révolte.

Il lui jeta un regard méprisant.

— A ton avis ?

Mieux valait ne pas répondre à cette question, décida-t-elle en se maudissant. Quelle idiote ! Ce n'était pas le moment de le provoquer...

— Quand puis-je faire sa connaissance ? ajouta-t-il.

— Il sera bientôt là. Jenny va le chercher à l'école en même temps que son fils. J'ai pensé que tu aimerais peut-être dîner avec nous. Tom a demandé des pâtes pour ce soir.

Manifestement surpris, Lucas accepta aussitôt l'invitation.

— Avec plaisir.

Troublée par son regard pénétrant, elle s'empressa de combler le silence qui menaçait de s'installer.

— C'est un petit garçon adorable. D'un naturel jovial et très généreux.

— Dire que s'il n'avait pas été malade, je serais reparti à Londres sans me douter de rien !

— Il faut me comprendre... J'avais tellement peur...

Il eut une moue ironique.

— Et apparemment, c'est toujours le cas, puisque tu es prête à te plier à toutes mes exigences...

Les nerfs à fleur de peau, elle but une gorgée de café.

— Mais nous verrons ça plus tard, poursuivit-il. Parle-moi plutôt de tes parents. Savent-ils où tu es ? Sont-ils au courant pour Tom ?

— Bien sûr. Mais je leur ai fait promettre de ne rien dire à personne.

— C'est normal qu'ils fassent ce que tu leur demandes, commenta-t-il en soupirant. Ils ont respecté leur promesse et n'ont jamais trahi ton secret.

— Tu es en contact avec eux ? s'exclama-t-elle avec stupéfaction.

— Je leur rends visite presque toutes les semaines. Tu l'ignorais ?

— Ils ne m'en ont jamais parlé !

Nul doute qu'ils avaient voulu éviter de la perturber… Et après tout, tant mieux s'ils avaient gardé de bonnes relations avec Lucas malgré les questions qu'ils devaient se poser. Elle ne leur avait jamais expliqué pourquoi elle était partie et ils ne le lui avaient jamais demandé, préférant attendre qu'elle soit prête à se confier. Elle ne s'y était jamais résolue, ni au cours de leurs fréquents coups de téléphone ni lors de leurs rares visites. Sa souffrance était trop grande. Au début, ils avaient tenté de la persuader de prévenir Lucas de la naissance de Tom, puis ils avaient fini par renoncer. Comme elle se sentait coupable de les avoir mis dans cette position inconfortable !

Soudain, des claquements de portières retentirent dans la rue, suivis de cris d'enfants. Sofie jeta un coup d'œil anxieux à Lucas.

— Voilà Tom.

Le laissant dans la cuisine, elle alla ouvrir la porte. En voyant son fils arriver en courant, elle eut un sourire attendri. Tous les jours il quittait la maison tiré à quatre épingles et il rentrait échevelé et tout débraillé…

— Maman ! Maman ! J'ai eu un bon point ! cria-t-il en se jetant dans ses bras.

— C'est fantastique ! Bravo, mon chéri !

Il regarda par-dessus son épaule et elle sentit les battements de son cœur s'accélérer. Lucas avait dû la suivre… Elle se retourna et reposa Tom par terre.

— Tom, mon chéri, j'ai une merveilleuse surprise pour toi. Voici ton papa. Il est venu de très loin exprès pour te voir. Dis-lui bonjour.

Les yeux écarquillés, Tom s'avança vers Lucas.

— Bonjour.

Lucas s'accroupit et lui tendit la main.

— Bonjour, Tom. Je suis très heureux de faire enfin ta connaissance.

Après une brève hésitation, Tom mit sa main dans celle de son père.

— Tu es vraiment mon papa ? demanda-t-il en plissant le front.

— Oui.

— Alors pourquoi tu ne vis pas avec nous ?

Sofie sentit sa gorge se nouer.

— J'aurais bien voulu, malheureusement les choses ne se sont pas passées comme prévu, répondit Lucas. Mais à partir de maintenant, ça va changer.

Le visage de Tom s'éclaira.

— C'est vrai ? Tu vas venir vivre avec nous ?

— Il reste encore des détails à régler, reconnut Lucas en jetant un coup d'œil à Sofie.

— C'est vrai, maman ?

— Nous en discuterons plus tard, mon chéri. En tout cas, ce soir papa va dîner avec nous.

Elle foudroya Lucas du regard. C'était déloyal ! Il savait parfaitement qu'elle ne pouvait pas se permettre de protester devant Tom…

Inconscient de la tension qui régnait entre ses parents, Tom se mit à sautiller sur place, tout excité.

— Super ! On va manger des pâtes, ajouta-t-il à l'adresse de son père. C'est mon plat préféré. A toi aussi ?

Lucas hocha la tête d'un air solennel.

— Oui. J'aime tellement ça que je pourrais en manger jusqu'à ce qu'elles me ressortent par les oreilles.

Tom pouffa.

Devant la complicité immédiate entre le père et le fils, Sofie fut assaillie par une bouffée de jalousie. Il fallait sans doute s'y attendre, après toutes ces années où elle avait eu Tom pour elle toute seule, se raisonna-t-elle. Et c'était malgré tout merveilleux de voir que tout se passait aussi bien entre eux.

— Si tu emmenais papa dans le jardin pour lui montrer ta cabane, mon chéri ?

Aussitôt, Tom prit Lucas par la main.

— Viens, papa !

Sofie les regarda s'éloigner, en proie à des émotions contradictoires. Que de bouleversements en si peu de temps ! En fin de compte, c'était peut-être un bien que Lucas ait découvert la vérité. La culpabilité l'accablait depuis trop longtemps... Mais quelle décision allait-il prendre ? Etait-il sérieux quand il avait dit à Tom qu'ils allaient vivre ensemble ? Il n'était sûrement pas irresponsable au point de donner de faux espoirs à son fils. Mais qu'avait-il en tête exactement ?

De toute façon, pour ne pas perdre Tom elle était prête à tout, y compris reprendre la vie commune avec Lucas. Son cœur se serra. Pourtant, elle ne pourrait plus jamais lui faire confiance, et de son côté il ne lui pardonnerait jamais de l'avoir privé de son fils... Même s'il l'avait réellement aimée autrefois, elle avait tué cet amour en disparaissant sans un mot d'explication. Et il était impossible de revenir en arrière.

Prenant une profonde inspiration, elle rentra dans la maison. Pour Tom, il fallait à tout prix qu'elle fasse bonne figure pendant les heures à venir, quoi qu'il arrive... En arrivant dans la cuisine, elle fut frappée par les rires qui parvenaient du jardin. Aux gloussements de Tom se mêlait le rire grave de Lucas. Elle regarda par la fenêtre. Tom s'évertuait à faire rentrer son père dans la cabane conçue pour un garçon de sa taille et ils s'amusaient tous les deux comme des fous. Finalement, il renonça et s'affala dans l'herbe, rejoint par Lucas qui s'allongea à côté de lui.

Sofie fut assaillie par une bouffée de joie. Quel bonheur de voir que les deux êtres qui lui étaient le plus chers au monde s'entendaient si bien ! Elle remplit deux verres de jus de fruits et les porta dans le jardin.

— Papa est trop grand pour rentrer dans la cabane ! s'exclama Tom en prenant le sien.

— J'ai vu, dit-elle en tendant l'autre verre à Lucas.

Ce dernier se redressa et la saisit par le poignet.

— Reste avec nous.

— Je dois préparer le dîner, protesta-t-elle.

Sans cesser de sourire, il plongea dans le sien un regard menaçant.

— Je t'ai demandé de rester.

Déglutissant péniblement, elle s'assit dans l'herbe.

— Voilà qui est mieux. Le dîner peut attendre. J'ai envie de profiter de mon fils comme je l'entends après avoir été privé de lui pendant toutes ces années, ajouta-t-il dans un murmure pour que Tom, qui était retourné dans la cabane chercher une bande dessinée, ne puisse pas l'entendre.

— Combien de fois devrai-je m'excuser ? demanda-t-elle sur le même ton.

— Autant de fois que je le jugerai nécessaire. Cinq ans c'est très long.

— Et je dois payer pour chaque année passée ?

— Pour chaque heure et chaque minute.

— La vengeance ne te semblera peut-être pas aussi douce que tu l'espères, commenta-t-elle avec tristesse.

Il haussa les épaules.

— C'est un risque que je suis prêt à prendre.

Il termina son verre avant d'ajouter :

— Il va falloir que tu changes de nom. Talbot c'est fini.

— Pourquoi ?

— Parce que j'étais sérieux, tout à l'heure. Je ne me permettrais pas de mentir à mon fils. A partir de maintenant nous allons devenir une famille. Et cette famille n'aura qu'un nom. Antonetti.

6.

Il s'écoula plusieurs heures avant qu'ils puissent reprendre cette discussion. Tom les rejoignit avec un ballon trouvé dans la cabane et ils jouèrent un moment tous les trois. Puis Sofie regagna la cuisine, laissant le père et le fils discuter entre hommes.

Sans être intimidé, Tom était manifestement impressionné par ce père dont il venait de faire la connaissance. Pendant le dîner, il s'efforça de copier le moindre de ses gestes. Plusieurs fois au cours du repas, Sofie fut prise de remords en l'observant. Oui, pas de doute, pour Tom c'était un bien que Lucas ait découvert la vérité. Comme elle s'en voulait de l'avoir privé de son père… Mais qu'avait décidé ce dernier, exactement ? Cette incertitude allait la rendre folle !

Après le dîner, ils se rendirent tous les trois dans le salon, où Tom insista pour montrer à son père ses jouets préférés. Devant l'intérêt manifeste de Lucas et sa patience infinie, Sofie fut une fois de plus submergée par la culpabilité. Il aurait pris un tel plaisir à voir grandir son fils ! Et peu importait qu'il finisse par lui pardonner un jour. Parce que quoi qu'il arrive, elle-même ne se pardonnerait jamais…

Ce fut seulement lorsque Tom se mit à bâiller qu'elle se rendit compte de l'heure tardive.

— Viens, mon chéri. Il est temps d'aller te coucher. Demain, tu vas à l'école, rappela-t-elle en se levant.

Tom fit la grimace, mais il quitta docilement les genoux de son père.

— D'accord. C'est toi qui me mets au lit ? demanda-t-il à ce dernier.

Après avoir jeté un coup d'œil à Sofie, Lucas lui ébouriffa tendrement les cheveux.

— Pas ce soir, mon fils. Une autre fois. Je te le promets.

— Je te verrai demain matin ?

Sofie comprit alors que le petit garçon craignait que son père s'évanouisse aussi soudainement qu'il était apparu.

— Ne t'inquiète pas, répondit Lucas. Je ne partirai plus jamais nulle part sans toi ni ta mère. Demain matin, je serai à mon travail, mais je te verrai après l'école.

— C'est promis ?

En souriant, Lucas fit le geste de tracer une croix sur son cœur.

— Croix de bois, croix de fer. Maintenant, va vite te coucher. Bonne nuit.

Tom prit la main de sa mère en bâillant.

— Bonne nuit, papa.

Sofie mit moins d'une demi-heure à lui donner son bain, l'habiller puis le coucher. Les émotions de la journée avaient épuisé le petit garçon. Après lui avoir lu quelques pages du livre qu'il avait choisi, elle s'aperçut qu'il dormait déjà. Elle rangea ses vêtements éparpillés dans la chambre, déposa un baiser sur son front, éteignit la lumière et laissa la porte entrouverte.

Prenant une profonde inspiration, elle redescendit au rez-de-chaussée.

Lucas était toujours assis sur le canapé, en train de feuilleter une des bandes dessinées de Tom. Il leva les yeux vers elle et arqua un sourcil moqueur devant sa mine sombre.

— Un problème ?

De plus en plus nerveuse, elle s'assit au bout du canapé.

— Je n'apprécie pas que tu annonces à Tom des décisions dont tu n'as pas discuté avec moi.

Contrairement à elle, Lucas semblait très détendu, constata-t-elle avec dépit, tandis qu'il se calait confortablement dans le canapé.

— Ah bon ? Eh bien, pour ma part je n'apprécie pas d'avoir été privé de mon fils pendant si longtemps. Et si ça ne te plaît pas que je fasse passer sa tranquillité d'esprit avant la tienne, tant pis pour toi. Il avait besoin d'être rassuré, alors je lui ai dit ce qu'il voulait entendre. Ça te pose un problème ?

Elle poussa un soupir.

— Non, bien sûr.

A sa place, elle aurait fait la même chose. Mais ne pas connaître ses projets pour l'avenir était très déstabilisant…

— Qu'as-tu décidé ?

Il darda sur elle un regard dur.

— Ne te fais pas d'illusions. Je n'ai pas l'intention d'être un père à temps partiel. J'ai manqué les cinq premières années de sa vie, mais je ne manquerai pas les suivantes. Comme je l'ai promis à Tom, à partir de maintenant nous allons vivre en famille.

— Alors tu ne vas pas demander la garde ? demanda-t-elle, le cœur battant.

Toute sa vie dépendait de la réponse à cette question…

— Pas pour l'instant. Et il ne dépend que de toi que je ne la demande jamais.

— Mais… tu es sûr que cette solution te conviendra, étant donné que tu ne m'aimes plus et que tu n'as même plus d'estime pour moi ?

Elle se maudit aussitôt. Pourquoi éprouvait-elle le besoin de poser une question aussi idiote ? Et surtout, pourquoi ne pouvait-elle s'empêcher d'espérer qu'il allait protester et dire qu'il l'aimait encore ?

— Non, en effet, je ne t'aime plus. Mais en revanche, j'aime ma grand-mère.

— Ta grand-mère ? Je ne comprends pas. Elle vit avec toi ?

— Non, elle habite dans le sud de la France.

La perplexité de Sofie s'accrut encore lorsqu'elle vit Lucas se passer nerveusement la main dans les cheveux. Pourquoi semblait-il aussi anxieux, tout à coup ?

— Elle a perdu son mari il y a quelques mois et elle ne s'en remet pas. Malgré tous nos efforts, ni mes parents ni moi ne parvenons à la sortir de l'abattement dans lequel elle a sombré.

Il s'interrompit et la regarda sans plus masquer son inquiétude.

— Tom pourrait réussir là où nous avons échoué. Quoi de mieux qu'un arrière-petit-fils pour lui redonner l'envie de vivre ?

Sofie sentit sa gorge se nouer. Elle ne comprenait que trop bien ce que voulait dire Lucas. La naissance de son fils l'avait aidée à surmonter son propre désespoir. C'était lui qui lui avait redonné le goût de vivre.

Impulsivement, elle prit la main de Lucas.

— Je suis désolée. Tu as dû beaucoup souffrir de la disparition de ton grand-père, toi aussi.

L'espace d'un instant, elle sentit ses doigts se refermer autour des siens. Mais presque aussitôt, Lucas lâcha sa main et s'écarta d'elle en déclarant d'un ton sarcastique :

— Tu n'es pas obligée de jouer la comédie.

— Je suis sincère. Que tu le croies ou non, je suis capable d'avoir de la compassion. Même pour toi.

Un muscle se crispa dans la mâchoire de Lucas.

— Eh bien, je n'en veux pas !

Elle réprima un soupir. Message reçu. A l'avenir, elle la

garderait pour elle. Malgré tout, il avait peut-être besoin de se confier.

— Ta grand-mère vit seule ?

— Oui. Et j'ai prévu que nous irions la voir à Nice pendant les vacances scolaires. Ce qui nous laisse le temps de prendre les dispositions nécessaires.

La compassion de Sofie laissa place à l'indignation. Comment osait-il la mettre devant le fait accompli ?

— Et que fais-tu de ma vie ici ? De mon travail ?

— A toi de choisir. Si tu veux garder Tom, tu devras me suivre. Parce que si tu préfères te battre contre moi, je peux te garantir que tu perdras et que tu te retrouveras seule.

Elle serra les dents. Malheureusement, il avait raison. Elle était bel et bien prise au piège.

— Et bien sûr, tu considères mon accord comme acquis ?

Il eut un sourire moqueur.

— Naturellement. Tu feras ce que je veux parce que tu n'as pas le choix. N'ai-je pas raison, *cara* ?

Elle réprima un soupir.

— Oui.

— Alors c'est réglé. Ce seront nos premières vacances en famille.

— Tom va être ravi, parvint-elle à dire d'une voix étranglée.

Il arqua un sourcil narquois.

— Mais pas toi ?

— Quelle importance ? s'exclama-t-elle avec irritation.

— Je suis certain que Tom serait très perturbé s'il ne te croyait pas aussi heureuse que lui.

Elle serra les dents. Argument imparable…

— Ne t'inquiète pas. Je ferai toujours en sorte que Tom me voie heureuse et souriante. Son bonheur passe avant le mien.

— Je ne doute pas un seul instant que tu sois une bonne mère, *cara*, mais une autre question essentielle se pose. Seras-tu capable de faire semblant de m'aimer ?

— Pourquoi le devrais-je ? Tom n'a que cinq ans. Il suffit que nous évitions de nous quereller devant lui.

— Sans doute. Ma grand-mère, en revanche, sera plus difficile à convaincre.

Sofie faillit s'étrangler. Partir en vacances en famille à Nice pour remonter le moral de sa grand-mère, pourquoi pas ? Mais de là à jouer les amoureux transis uniquement pour la rassurer !

— Tu plaisantes !

— Je n'ai jamais été aussi sérieux.

Atterrée, elle secoua la tête.

— Je peux comprendre que ta grand-mère ait besoin de compagnie, mais pourquoi lui jouer la comédie ?

— Parce qu'elle veut que je sois heureux. Quand je lui ai téléphoné pour lui dire que je t'avais retrouvée et que tout allait bien entre nous, sa voix a changé. Elle s'est animée pour la première fois depuis des mois.

— Tu lui as dit ça ? Avant même de discuter avec moi ?

Il prit un air moqueur.

— Ne prends pas cet air outré, *cara*. Je savais que tu n'aurais pas d'autre choix que d'approuver mes décisions.

Une fois de plus il avait raison… Mais ce n'était pas une consolation ! Bondissant sur ses pieds, Sofie se mit à arpenter la pièce avec nervosité.

— Comment veux-tu que je fasse semblant d'être amoureuse de toi devant ta grand-mère ?

Certes, en réalité elle n'aurait pas à jouer la comédie puisqu'elle l'aimait vraiment… Mais pas question de le lui préciser ! Et de toute façon, cette situation était insensée !

La réponse de Lucas ne fit qu'accroître le désarroi de Sofie.

— Allons, ça ne devrait pas te poser de problème. Tu étais si convaincante autrefois que j'ai cru à ton amour. Je ne vois pas pourquoi tu aurais perdu ton talent de comédienne.

Elle ferma les yeux, s'efforçant de refouler ses larmes. Quelle cruelle ironie ! Pour se protéger, elle allait être obligée de faire semblant de jouer la comédie, alors que son amour pour Lucas n'avait pas faibli... Mais pas moyen de se dérober.

Elle s'efforça de prendre un ton désinvolte pour répliquer :

— Je ferai de mon mieux. Quelles autres décisions as-tu prises sans me consulter ?

Nul doute qu'il ne s'était pas limité à organiser les vacances...

— Pendant que nous serons à Nice, une entreprise se chargera de votre déménagement. Tom se plaira beaucoup dans notre maison de Hampstead. Le jardin est parfait pour accueillir plusieurs cabanes. Par ailleurs, j'ai demandé à mon assistante de se renseigner sur les écoles du voisinage. Il faut l'inscrire dans un bon établissement pour la rentrée.

Sofie n'eut pas l'énergie de protester.

— Tu as pensé à tout, n'est-ce pas ?

Il eut un sourire sarcastique.

— Je crois, oui. En ce qui concerne nos relations, je suis sûr que tu vas être soulagée d'apprendre que ma proposition d'hier soir ne tient plus. Nous allons reprendre la vie commune, mais de façon platonique. Depuis que j'ai découvert à quel point tu m'avais menti, je n'éprouve plus aucun désir pour toi. Bien sûr, je suis conscient que la chasteté te sera sans doute pénible, mais tu devras t'y faire, parce qu'il n'est pas question que tu fréquentes d'autres hommes, c'est clair ?

Une bouffée de colère submergea Sofie. Etant donné qu'elle l'aimait encore, il ne lui était jamais venu à l'idée de prendre un amant. Mais qu'il le lui interdise était insupportable ! Pour qui se prenait-il ? C'était justement parce qu'il avait une maîtresse qu'elle l'avait quitté !

— La même règle s'applique-t-elle à toi ?

Le visage de Lucas se ferma.

— Ce que je fais ne regarde que moi. Ce que j'attends de mon épouse, c'est autre chose.

Elle serra les dents. Impossible de se rebeller. Si elle ne voulait pas perdre Tom, elle était obligée d'accepter de vivre comme au Moyen Age… Comme il devait savourer sa vengeance !

Manifestement conscient de sa rage impuissante, Lucas ajouta d'une voix suave :

— Mais tu peux toujours refuser…

Si seulement c'était vrai ! songea-t-elle avec nostalgie. Malheureusement, il n'en était pas question.

— Je suis obligée de me plier à tes exigences et tu le sais. Je vais faire du café, ajouta-t-elle d'un ton vif, exaspérée par son air satisfait.

Avant qu'il ait le temps de répliquer quoi que ce soit, elle quitta la pièce.

Dans la cuisine, elle s'immobilisa devant l'évier, les yeux dans le vague. Quelle ironie ! Ce qu'il attendait d'elle était au-dessus de ses forces, mais pas pour les raisons qu'il imaginait. Jouer la comédie du couple parfait alors qu'elle l'aimait encore et qu'il la méprisait… Il y avait de quoi devenir folle !

Mais peu importait, après tout. L'essentiel c'était de ne pas être séparée de Tom. Par ailleurs, la présence de son père serait très bénéfique à ce dernier. Quant à elle, le voir heureux et épanoui suffirait à son bonheur.

Cette pensée rasséréna Sofie. Elle prépara le café et regagna le salon quelques instants plus tard avec deux tasses.

— Tu en as mis du temps ! commenta Lucas.

— J'ai réfléchi aux choix qui s'offrent à moi. Ou plutôt

au manque de choix, répliqua-t-elle avec une pointe d'agressivité.

Il haussa les épaules.

— Tu ne peux t'en prendre qu'à toi-même. Parlons plutôt de détails pratiques. Je prévois de partir pour Nice dès la première semaine des vacances scolaires. Tom a-t-il un passeport ?

— Oui.

— A quel nom ?

— Antonetti.

Il eut une moue ironique.

— Tu n'es donc pas allée jusqu'à faire fabriquer de faux papiers ?

Serrant les dents, elle garda le silence.

Il but son café, reposa sa tasse et se leva.

— Je m'occuperai des billets. Demain je suis pris presque toute la journée, mais je serai là avant que Tom revienne de l'école.

Mieux valait éviter de protester, décida-t-elle. Autant s'habituer dès maintenant à se voir imposer ses décisions.

— Tu dîneras avec nous. C'est ce que souhaitera Tom, déclara-t-elle en se levant à son tour et en le précédant dans l'entrée.

— Avec plaisir. J'avais oublié quelle excellente cuisinière tu es, *cara*.

Surprise par ce compliment, elle se retourna vers lui tout en continuant à avancer. Au même instant, elle marcha sur un patin à roulettes et bascula en arrière avec un cri étranglé. Deux bras puissants se refermèrent aussitôt autour de sa taille, interrompant sa chute. Assaillie par la chaleur du corps de Lucas et par son odeur familière, Sofie fut submergée par une bouffée de désir. Elle leva instinctivement la tête, tandis que ses lèvres s'entrouvraient d'elles-mêmes.

Plongeant un regard étincelant dans le sien, il murmura quelques mots inintelligibles et captura sa bouche.

Il mit dans son baiser la même passion qu'elle venait de voir briller dans ses yeux. Incapable de lutter contre les sensations divines qui l'envahissaient, elle y répondit avec une fougue égale à la sienne, comme si elle était privée de toute pensée cohérente. Mais au bout de quelques instants Lucas s'arracha à ses lèvres, la laissant frustrée et hors d'haleine. Il promena un regard effaré sur son visage et s'écarta vivement d'elle.

— C'est une erreur qui ne se reproduira pas. Alors inutile de me tendre ce genre de piège, *cara*. J'étais sérieux, tout à l'heure. Je n'éprouve plus aucun désir pour toi.

Sur ces mots, il s'en alla.

Après son départ, Sofie fixa la porte pendant un long moment, les doigts pressés contre ses lèvres. Pour un homme qui avait proclamé deux fois son manque d'attirance pour elle, il l'avait embrassée avec une passion peu commune ! Qu'il ne l'aime plus, elle le croyait aisément. Mais quand il prétendait ne plus la désirer, il mentait.

Un sourire rêveur aux lèvres, elle ramassa le roller. Si le désir n'avait pas disparu, peut-être y avait-il une chance de ranimer la passion… Son cœur se mit à battre la chamade. Il ne fallait pas espérer regagner son amour, mais peut-être un jour pourrait-elle de nouveau le serrer dans ses bras. S'enivrer de la douceur de sa peau, de son odeur…

En avait-elle envie ? La réponse était évidente. Oui. Elle en mourait d'envie. Elle voulait se sentir de nouveau vivante. Et seul Lucas avait le pouvoir de lui donner cette sensation.

Certes, la passion sans amour n'était qu'un piètre substitut. Mais c'était tout ce qu'elle pouvait attendre de lui.

7.

Ils prirent l'avion pour le sud de la France quelques semaines plus tard. Tant qu'il était resté dans la région, Lucas avait rendu visite à Tom tous les jours, nouant avec lui un lien très fort. Mais s'il s'était toujours montré aimable avec elle, Sofie avait eu nettement l'impression qu'une nouvelle barrière s'était élevée entre eux. Une fois de retour à Londres, il avait téléphoné tous les jours, bavardant longuement avec Tom, mais se contentant de discuter avec elle de détails pratiques.

Follement heureux à la perspective de vivre avec son père, Tom n'avait pas cessé de raconter à Sofie tout ce qu'il prévoyait de faire avec lui pendant les vacances. Elle avait toujours pris soin de manifester le même enthousiasme que lui, ne s'autorisant à verser des larmes, parfois mêlées de rires attendris, qu'après l'avoir mis au lit à la fin de la journée.

Lucas avait réservé des places en première classe, ce qui était presque aussi nouveau pour Sofie que pour Tom, qui n'avait encore jamais pris l'avion. Tout excité par cette aventure, le petit garçon ne tenait pas en place. Il finit cependant par s'endormir après le déjeuner.

Sofie posa alors à Lucas la question qui lui brûlait les lèvres.

— Comment a réagi ta grand-mère en apprenant que nous venions tous les trois ?

— Elle a été ravie. Pourquoi ?

Sofie déglutit péniblement. Elle craignait de ne pas être la bienvenue… Si le bonheur de son petit-fils tenait tellement à cœur à la grand-mère de Lucas, comment celle-ci allait-elle accueillir l'épouse indigne qu'elle semblait être ?

— Que lui as-tu dit exactement à notre sujet ?

— Ne t'inquiète pas, elle n'a jamais su que tu avais disparu du jour au lendemain sans un mot d'explication, répondit Lucas d'un ton moqueur. Je lui ai dit que nous avions eu une dispute idiote mais que nous nous étions réconciliés et que nous avions repris la vie commune.

— Elle t'a cru ?

— Ça, nous le saurons bientôt.

Sofie baissa les yeux sur ses doigts, qu'elle ne pouvait s'empêcher de croiser et décroiser nerveusement.

— Es-tu allé voir mes parents à Londres ?

Lucas lui jeta un coup d'œil narquois.

— Oui. Figure-toi qu'ils sont ravis de savoir que nous allons de nouveau vivre ensemble. Malgré tout, ils ont été un peu surpris que tu ne les aies pas appelés pour leur annoncer la nouvelle toi-même. J'ai prétendu que tu étais débordée par la préparation du déménagement. Pourquoi ne les as-tu pas mis au courant ?

— Que voulais-tu que je leur dise ? rétorqua-t-elle avec une pointe d'irritation. « Au fait j'ai revu Lucas l'autre jour. Il me fait du chantage, si bien que je vais être obligée de retourner vivre avec lui. »

— Bien sûr… Dire la vérité n'est pas dans tes habitudes. Mais pourquoi n'as-tu pas inventé un beau mensonge ? Tu es pourtant très douée pour ça.

Serrant les dents, elle se tourna vers Tom. Alors qu'elle

tendait la main pour écarter une mèche de son front, Lucas lui saisit le poignet. Il était manifestement contrarié.

— Que se passe-t-il ?

— J'ai oublié de te racheter une alliance. Ma grand-mère va tout de suite remarquer que tu n'en portes pas.

Sofie retira sa main pour prendre dans son sac une petite bourse en daim. Elle l'ouvrit et en sortit son alliance sertie de diamants. Elle la tendit à Lucas sans un mot. Pas question de lui avouer qu'elle était incapable de s'en séparer…

— Tu l'as gardée ? s'exclama-t-il d'un air ébahi. Je pensais que tu t'en étais débarrassée depuis longtemps !

Elle haussa les épaules en s'efforçant de prendre un air désinvolte.

— Tu sais ce qu'on dit au sujet des diamants…

Manifestement convaincu par cette explication, il eut une moue de dérision.

— Qu'ils sont les meilleurs amis de la femme… Et moi qui ai failli m'imaginer que tu l'avais gardée pour des raisons sentimentales !

Il lui glissa l'alliance au doigt.

— Voilà qui t'aidera à jouer ton rôle de manière encore plus convaincante devant ma grand-mère.

Baissant les yeux sur sa main, Sofie sentit sa gorge se nouer. La première fois que Lucas lui avait glissé cette alliance au doigt, elle était pleine d'illusions. Aujourd'hui, elle n'en avait plus aucune…

— Et la tienne ? demanda-t-elle en s'efforçant de surmonter son émotion.

Il leva la main gauche.

— Je n'ai jamais réussi à l'enlever. Quelle ironie, n'est-ce pas ? Peu importe. Nos alliances ne servent plus qu'à donner le change. N'oublie pas que tu dois convaincre ma grand-mère que tu es toujours follement amoureuse de moi.

— Je ne sais pas si je suis capable de feindre l'amour fou, répliqua-t-elle d'un ton qu'elle espérait léger.

— Il suffit de reprendre ton rôle avec le même brio qu'autrefois, *amore*. Ça ne devrait pas te poser de problème.

Le cœur de Sofie se serra. S'il avait su…

— Mais si je suis la seule à jouer la comédie, ça ne suffira pas. Il va falloir que tu fasses toi aussi des efforts.

— Ne t'inquiète pas, répliqua-t-il d'un ton sarcastique. Pour faire plaisir à ma grand-mère, je pense que je parviendrai à masquer mon aversion.

— C'est curieux, je n'ai pas senti d'aversion dans ton baiser, l'autre soir. Bien sûr, tu as prétendu que c'était une erreur, mais…

— C'était une erreur !

— Si tu le dis…

Elle haussa les épaules en prenant soin d'esquisser une moue sceptique. A sa grande satisfaction, Lucas crispa la mâchoire avec une exaspération manifeste.

— Je le dis parce que c'est vrai !

— Message reçu. N'insiste pas, sinon je vais finir par trouver tes protestations suspectes…

— Ça suffit !

Esquissant un petit sourire, elle prit ses écouteurs pour regarder un film. Quel plaisir de lui faire perdre son sang-froid ! Et tant mieux s'il la croyait machiavélique. Lorsqu'elle jouerait soi-disant la comédie devant sa grand-mère, il ne se douterait pas qu'elle était sincèrement amoureuse de lui.

Ils atterrirent à Nice sous un soleil éblouissant. Tout se passa bien jusqu'à ce qu'ils franchissent la douane. Mais une fois les formalités accomplies, ils furent pris dans un mouvement de foule, tandis que des flashs crépitaient autour d'eux. Tom reconnut très vite le célèbre footballeur à l'origine de cette effervescence. Emerveillé de voir de si près un de ses héros favoris, il était au comble du bonheur. Alors qu'ils attendaient que la voie soit libre, Sofie remarqua la présence de plusieurs journaux britanniques et nota mentalement leurs noms. Avec un peu de chance, elle trouverait dans l'un d'entre eux une photo de Tom à proximité de son idole. Ce serait sans doute le plus beau cadeau de sa vie.

Au bout d'un bon moment, Lucas parvint à les entraîner loin de la cohue.

— Allons récupérer la voiture que j'ai louée et quittons cet asile de fous.

Devant son air excédé, Sofie ne put s'empêcher de le taquiner.

— Tu n'aimes pas le foot ?

Pour la première fois depuis une éternité, il lui adressa un sourire complice.

— Le foot, oui. Les flashs, non !

Le cœur gonflé de joie, elle se surprit à rire. Malgré tout, une fois dans la voiture, elle fut assaillie par l'anxiété. Comment la grand-mère de Lucas pourrait-elle être heureuse de la voir ? Elle n'avait pas besoin de connaître tous les détails de l'histoire pour lui en vouloir…

Heureusement, la Corniche offrait une vue spectaculaire sur la Méditerranée et elle fut momentanément distraite de ses pensées par la splendeur du paysage. Dommage que les appareils photo soient restés dans les valises, songea-t-elle avec regret. La route en lacets s'éleva jusqu'à une hauteur vertigineuse et ce fut lorsqu'ils commencèrent à redescendre que Lucas indiqua un toit de tuiles rouges en dessous d'eux.

— C'est cette villa.

— Ouah, super ! s'exclama Tom, le nez contre la vitre.

Elle était entièrement d'accord avec lui, songea Sofie en souriant. La maison, visiblement immense, était flanquée d'une piscine turquoise avec vue sur la Méditerranée, et entourée d'un jardin planté d'arbres, de plantes et de fleurs de toute espèce.

— Elle paraît magnifique, mais n'est-elle pas un peu grande pour ta grand-mère ? demanda-t-elle, tandis que Lucas négociait un virage en épingle à cheveux avant de franchir un portail de fer forgé.

— Oui, mais elle est pleine à craquer de souvenirs, si bien qu'elle ne voudra jamais s'en séparer, répondit-il en s'arrêtant devant le garage, au bout de l'allée. Heureusement, les pièces vont de nouveau résonner de cris et de rires, déclara Lucas en coupant le contact et en descendant de voiture.

Comme pour appuyer les propos de son père, Tom s'élança vers la maison dès qu'il lui ouvrit la portière.

— Je parie qu'il y a au moins cent chambres !

Lucas le suivit en riant et lui ébouriffa les cheveux.

— Non, un peu moins, quand même.

— Où est la mienne ? demanda le petit garçon en sautillant sur place.

— Tu vas la voir dans une minute.

— En fait, la chambre peut attendre, intervint Sofie en les rejoignant. Pour l'instant, ce sont les toilettes dont Tom a besoin.

— Je vais l'accompagner. Viens avec moi, fils.

Tom prit la main que lui tendait son père et ils disparurent tous les deux dans la maison.

Sofie les suivit sans se presser et promena sur le hall un regard appréciateur. La décoration était d'un goût exquis…

— Bonjour, Sofie, dit une voix douce derrière elle.

Pivotant sur elle-même, elle distingua d'abord une vague silhouette dans l'encadrement de la porte d'entrée. Puis elle vit s'avancer dans le hall une vieille dame très élégante, qui portait un panier rempli de fleurs. Elle arborait un sourire bienveillant, mais une ombre dans ses yeux témoignait de son deuil récent.

Face à la grand-mère de Lucas, Sofie fut submergée par le sentiment de culpabilité qui lui était si familier. S'efforçant d'accrocher un sourire à ses lèvres, elle tendit la main.

— Comment allez-vous, madame Antonetti ? Je suis très heureuse de vous revoir… Lucas va arriver tout de suite. Il a emmené Tom aux toilettes, précisa-t-elle d'une voix hésitante, tandis que son embarras décuplait sous le regard franc et direct de la vieille dame.

Après une hésitation imperceptible, Eleanor Antonetti prit la main de Sofie puis l'embrassa sur les deux joues.

— Appelez-moi Nell, je vous en prie. Deux « madame Antonetti » dans la maison, ça risque de semer la confusion.

— J'étais en train d'admirer la décoration. Elle est exquise.

Eleanor Antonetti regarda autour d'elle avec une fierté non dissimulée.

— Merci. Mon mari et moi nous avons travaillé dur pendant des années pour aménager cette maison à notre goût et nous y avons été très heureux. Je cueillais des fleurs pour le salon quand je vous ai entendus arriver.

Elle posa son panier sur une console.

— Marco aimait beaucoup les lys, ajouta-t-elle avec un soupir.

Puis, faisant un effort manifeste pour surmonter sa nostalgie, elle demanda :

— J'ai hâte de connaître mon arrière-petit-fils.

Sofie eut un sourire attendri, comme chaque fois qu'il était question de Tom.

— Il est adorable, mais parfois un peu turbulent également.

— Tant mieux ! Cette maison a besoin de retrouver un peu d'animation.

Au même instant, Lucas revint, suivi par un Tom toujours

aussi excité, qui courut vers Sofie tandis que son père embrassait chaleureusement la vieille dame.

— Tu vas mieux, on dirait, grand-mère. Tu as repris des couleurs. Comment te sens-tu ?

Eleanor tapota le bras de Lucas.

— Bien. Ne te tracasse pas. Voici Tom, j'imagine...

Elle regarda le petit garçon, debout devant Sofie, puis elle porta ses mains à ses joues.

— Mon Dieu, Lucas ! C'est tout ton portrait !

— Va dire bonjour à ton arrière-grand-mère, Tom, murmura Sofie à l'oreille de son fils.

— Bonjour, dit-il en s'avançant.

Eleanor se pencha vers lui en souriant.

— Bonjour, Tom. Quel grand garçon tu es ! Cela t'ennuierait beaucoup d'embrasser une vieille dame ?

Il secoua la tête avec le plus grand sérieux.

— Non. J'aime bien les vieilles dames.

Puis il referma les bras autour du cou de son arrière-grand-mère.

Submergée par l'émotion, Sofie eut du mal à refouler ses larmes.

— Ah, Tom ! Je sens qu'on va bien s'entendre tous les deux ! s'exclama Eleanor. As-tu soif ? Si oui, je pense que nous pouvons trouver quelque chose pour toi dans la cuisine. Tu viens avec moi ?

— Je sens que ça va très bien se passer, commenta Lucas en se rapprochant de Sofie, lorsqu'ils furent seuls.

— Oui, je le pense aussi. Et ta grand-mère a été charmante avec moi.

Lucas haussa les sourcils.

— On dirait que ça te surprend.

— Elle aurait eu de bonnes raisons de m'accueillir avec froideur. Après tout, je t'ai quitté.

— Exact. Mais c'est du passé. A présent, il faut la

convaincre que tout cela n'était qu'un malentendu stupide et que nous sommes très heureux ensemble. Et pour commencer, prends-moi le bras.

Elle hésita.

— Vas-y, *cara*. N'oublie pas ce que tu risques de perdre.

Comment pourrait-elle l'oublier ? se demanda-t-elle, le cœur lourd. Prenant une profonde inspiration, elle s'exécuta.

— Ça te va ou bien faut-il également que je te dévore des yeux d'un air ébloui ?

— N'en rajoute pas, s'il te plaît, rétorqua-t-il d'un ton rogue.

— Tu pourrais au moins être aimable. N'oublie pas que toi aussi tu as un rôle à jouer.

— Je le jouerai le moment venu.

Elle soupira.

— Je boirais bien quelque chose.

— Moi aussi, répliqua-t-il d'un ton crispé. Un grand verre de cognac serait le bienvenu pour me détendre, mais je crains qu'il faille se contenter de limonade.

Elle lui jeta un regard perplexe.

— Tu es anxieux ? C'est une première !

— Non. Je l'étais aussi le jour de notre mariage, figure-toi. Je ne pouvais pas m'empêcher d'imaginer que tu ne viendrais pas. Ce qui est particulièrement ironique, vu ce qui s'est passé quelques semaines plus tard.

Stupéfaite, Sofie sentit son cœur se serrer. Il ne le lui avait jamais avoué… De son côté, le jour de leur mariage, elle n'avait pas eu l'ombre d'une inquiétude. Elle était tellement sûre d'elle et de lui… Tellement sûre que leur amour durerait toute la vie… Mais pas question de ruminer ce genre de pensées. Elle avait un rôle à tenir, et elle le tiendrait. L'essentiel était de ne pas perdre Tom.

Lorsqu'ils pénétrèrent dans la cuisine, elle sentit sur eux

le regard aigu d'Eleanor Antonetti. De toute évidence, la grand-mère de Lucas n'était pas du genre à se laisser berner facilement. Ce qui allait lui rendre la tâche encore plus difficile… Mais elle réussirait à la convaincre qu'elle aimait son petit-fils. Après tout, elle l'aimait vraiment ! Le plus difficile serait d'éviter que lui-même ne s'en rende compte…

Ils s'installèrent sur la terrasse, où ils burent de la limonade délicieusement fraîche en admirant la vue panoramique sur la Méditerranée. Au bout d'un moment, Tom commença à s'agiter et Lucas l'emmena faire un tour dans le jardin, laissant Sofie et sa grand-mère en tête à tête.

Elles restèrent silencieuses un instant, puis Eleanor déclara d'une voix douce :

— Je dois vous avouer que lorsque mon petit-fils est venu ici après votre départ, il y a six ans, j'ai été bouleversée. Je ne l'avais jamais vu aussi malheureux. Et j'espère ne jamais le revoir dans cet état.

Elle regarda Sofie dans les yeux.

— L'aimez-vous vraiment ?

Décontenancée par la franchise de la vieille dame, Sofie déglutit péniblement. Heureusement, elle pouvait lui donner en toute sincérité la réponse qu'elle attendait…

— De tout mon cœur. Et je l'aimerai toujours, quoi qu'il arrive.

— Vous craignez qu'il arrive quelque chose ?

Quelle idiote ! se morigéna Sofie. Comment avait-elle pu se trahir aussi bêtement ! Elle était censée croire en l'avenir au lieu d'être rongée par le doute.

— Vous devez savoir mieux que quiconque que tout ne se passe pas toujours comme prévu, madame Antonetti… Pardon, Nell.

La vieille dame hocha la tête.

— Oui, bien sûr. J'aurais aimé que nous passions encore beaucoup de temps ensemble, mon mari et moi. Mais nous avons eu une vie très heureuse. C'était un mari et un père idéal. Il me reste une foule de souvenirs merveilleux.

Si seulement elle avait pu en dire autant de son propre mariage ! songea Sofie avec tristesse. Malheureusement, la trahison de Lucas avait fait éclater comme une bulle son bonheur factice. Elle ne pouvait même pas être certaine que son amour pour elle avait été sincère…

Une main se posa sur son bras, la faisant tressaillir. Pendant quelques instants, elle s'était perdue dans ses pensées ! Et Eleanor Antonetti la regardait d'un air inquiet…

— Tout va bien ? Y a-t-il quelque chose qui vous tracasse ?

Sofie secoua la tête en s'efforçant de prendre un air dégagé.

— Non, rien du tout. Rassurez-vous. Où sont Lucas et Tom, à votre avis ?

— Sans doute au bord de la piscine. Allons les rejoindre. J'en profiterai pour vous montrer mon jardin.

Sofie accepta avec soulagement.

Quelques instants plus tard, elles trouvèrent comme prévu le père et le fils assis au bord de la piscine. Ils y restèrent tous les quatre jusqu'à la fin de l'après-midi. Ensuite, Sofie emmena Tom dans sa chambre afin de le préparer pour le dîner. A la grande joie du petit garçon, la pièce était pleine de jouets. Après l'avoir débarbouillé, elle le laissa découvrir toutes ces merveilles et rejoignit Lucas dans la chambre qu'ils devaient partager.

Torse nu, il s'apprêtait à changer de chemise.

— Tom va bien ? demanda-t-il.

Elle hocha la tête, en s'efforçant d'ignorer le trouble qui s'emparait d'elle.

— Il joue, répondit-elle d'une voix étranglée.

Seigneur ! Elle était incapable de détacher ses yeux de lui… Et elle mourait d'envie de promener les mains sur ce torse superbe qui lui était si familier autrefois ! Elle prit une profonde inspiration avant d'ajouter d'un ton qui se voulait désinvolte :

— Ta grand-mère a dû dévaliser tous les magasins de jouets de la région.

Lucas rit.

— Elle ne connaît pas ses goûts alors elle a dû prendre un peu de tout. D'autant plus qu'elle a cinq ans de cadeaux à rattraper.

S'efforçant d'ignorer cette remarque et les remords qu'elle ravivait, Sofie déclara :

— Il va être trop gâté.

— C'est sans aucun doute le gros défaut des grands-parents, acquiesça Lucas en jetant un coup d'œil à sa montre. Tu ferais bien de te préparer. Gina, la gouvernante, a défait ta valise.

Il se retourna pour prendre sa chemise propre sur le lit.

Fascinée par le mouvement de ses muscles sous sa peau hâlée, Sofie fut parcourue d'un long frisson. Tant pis, c'était plus fort qu'elle... Elle avait trop envie de le toucher. Après tout, ne lui avait-il pas recommandé de faire semblant d'être amoureuse ?

Elle posa les mains sur le dos de Lucas, qui se raidit aussitôt.

— Qu'est-ce qui te prend ?

Elle réprima un sourire. Quelque chose dans sa voix le trahissait. Ce contact ne le laissait pas indifférent...

— J'ai envie de te toucher, répliqua-t-elle d'une voix caressante. Je suis amoureuse de toi, tu te souviens ? Si tu te promènes dans notre chambre à moitié nu, il faut t'attendre à ce que je réagisse en conséquence.

Elle effleura son dos du bout des ongles.

A en juger par son petit soupir étouffé, cela ne lui déplaisait pas du tout, songea-t-elle avec satisfaction. Pressant doucement les lèvres contre sa peau, elle huma avec délice son odeur enivrante.

Lucas tressaillit.

— Ça suffit ! intima-t-il sèchement en s'écartant d'elle. Il la fusilla du regard, mais une veine battait frénétiquement dans son cou.

— Je suis certain que tu as appris des trucs très efficaces depuis notre séparation, mais je ne veux pas que tu les pratiques sur moi !

Piquée au vif, elle s'écria :

— Vraiment ? Eh bien tu sais quoi, Lucas Antonetti ? Tu n'es qu'un menteur ! A l'instant, ton corps disait tout le contraire !

A sa grande joie, il crispa la mâchoire, visiblement irrité. Feignant d'étouffer un bâillement, elle ajouta d'un ton désinvolte :

— De toute façon, il est inutile de t'énerver. Je répétais juste mon rôle. Suis-je assez convaincante pour ta grand-mère ? demanda-t-elle en ouvrant des tiroirs à la recherche d'un corsage.

Devant le regard noir de Lucas, elle fut envahie par une intense jubilation.

— Crois-moi, tu n'as pas besoin de répéter, marmonna-t-il après un long silence.

Avec un sourire provocant, elle susurra :

— Tant mieux ! Je ne voudrais pas décevoir ta grand-mère !

Puis elle se glissa dans la salle de bains avant qu'il ait le temps de réagir.

Elle se laissa aller contre la porte, le cœur battant à tout rompre. Mon Dieu, elle vibrait de tout son corps ! Elle aurait bien besoin d'une bonne douche froide… A cette pensée, elle dut réprimer un gloussement. Même si ce n'était pas particulièrement raisonnable, elle ne regrettait pas son petit numéro.

L'expérience avait été très instructive… Contrairement à ce qu'il prétendait, elle avait le pouvoir de faire succomber Lucas à la tentation. Certes, ce ne serait sans doute pas facile. Il était tellement fier ! Si elle voulait qu'ils fassent l'amour, il faudrait faire preuve d'une grande finesse. Restait à savoir si c'était une bonne idée. La situation en serait-elle plus supportable ou au contraire plus pénible ? Elle n'en avait aucune idée.

Ils dînèrent sur la terrasse dans une atmosphère très joyeuse. Lucas était si détendu que Sofie n'éprouva aucun mal à oublier momentanément ses inquiétudes pour savourer l'instant. Eleanor avait une foule d'anecdotes à raconter sur son petit-fils et Tom riait aux éclats au récit des exploits de son père enfant.

— Tu sais Tom, ton papa a dû faire tout ça tout seul, ajouta Eleanor sur le ton de la confidence. Mais je suis sûre que ta maman et lui ont prévu de te donner un petit frère ou une petite sœur avec qui tu pourras jouer. Peut-être même deux ou trois…

— Nous n'y avons pas encore réfléchi, s'empressa de déclarer Lucas.

— Eh bien vous devriez. Vous ne rajeunissez pas, vous savez.

— Merci ! Je te signale que je n'ai pas encore la carte vermeil ! protesta Lucas d'un air faussement outré.

Sofie pouffa.

— Ne t'inquiète pas, mon chéri, je t'aimerai encore quand tu seras ridé. Et j'aimerais bien une fille. Les garçons c'est fantastique, bien sûr, mais on ne peut pas leur mettre de belles robes… Deux ce serait encore mieux. Et ensuite un autre garçon pour rétablir l'équilibre. Qu'en penses-tu ?

Eleanor éclata de rire.

— Lucas, j'ai l'impression que tu as du pain sur la planche !

Une lueur étrange s'alluma dans les yeux de Lucas, et à la grande surprise de Sofie, il porta sa main à ses lèvres pour y déposer un baiser.

— Je pense que ce sont des détails dont nous ferions mieux de discuter en privé, déclara-t-il d'une voix rauque en lui pressant les doigts un peu plus longtemps que nécessaire.

Sofie masqua son trouble par un petit rire.

— Oh, mais je me souviens qu'un jour, tu m'as dit que tu voulais une demi-douzaine d'enfants, au moins !

Tom les regarda tour à tour avec une moue dégoûtée.

— Pouah… Ça veut dire qu'ils vont s'embrasser et tout ce genre de trucs !

Cette réflexion déclencha un éclat de rire général.

Lucas ébouriffa les cheveux de son fils.

— Quand tu seras grand, tu verras que ce genre de trucs n'est pas si désagréable.

— Non, jamais ! Melanie Nicholls m'a embrassé à l'école et c'était tout mouillé ! Je ne veux pas que les filles m'embrassent comme ça !

— Fais-moi confiance, mon fils, insista Lucas d'un ton solennel. Toutes les filles n'embrassent pas comme Melanie Nicholls. Ta mère, par exemple, embrasse merveilleusement bien.

Bouche bée, Tom regarda Sofie avec perplexité.

— C'est vrai ?

— Bien sûr ! Tu n'aimes pas quand elle te serre dans ses bras et qu'elle t'embrasse ?

— Oui ! J'adore quand maman m'embrasse !

Comme il ressemblait à son père ! songea Sofie, submergée par une vague de tendresse.

— Tant mieux, mon chéri. Parce que moi, j'aime beaucoup t'embrasser !

— Et papa, tu aimes bien l'embrasser ?

— Oui, Tom, répondit-elle avec un pincement au cœur. Mais maintenant tu devrais finir ton assiette. Il va bientôt être l'heure d'aller te coucher.

Pendant le reste du repas, la conversation prit un tour plus neutre. Une demi-heure plus tard, Sofie emmena Tom dans sa chambre. Epuisé, il s'endormit avant même que sa tête touche l'oreiller. Avec un sourire ému, elle le borda et déposa un baiser sur son front avant de rejoindre les autres.

Lucas et sa grand-mère étaient toujours à table, en train de boire le café. Mais avant qu'elle ait le temps de s'asseoir, Lucas lui prit la main. Elle lui jeta un coup d'œil interrogateur.

— Viens faire un tour avec moi, dit-il d'une voix douce. Il fait bon et de nuit, le jardin est superbe.

— Oui, allez-y, approuva Eleanor avec un clin d'œil malicieux. C'est très romantique. Et ne vous inquiétez pas pour Tom. Je tendrai l'oreille au cas où il se réveillerait.

Sans lâcher la main de Sofie, Lucas se leva.

— C'est inutile. Ne nous attends pas pour te coucher. Nous risquons d'en avoir pour un moment, grand-mère. Bonne nuit.

— Bonne nuit !

Ils longèrent la terrasse, puis descendirent les marches qui menaient aux jardins à l'italienne. La végétation luxuriante offrait une véritable symphonie de couleurs et de parfums. C'était en effet un cadre très romantique.

— Alors comme ça, tu aimes m'embrasser ? demanda Lucas au bout d'un moment.

Le cœur de Sofie bondit dans sa poitrine. Elle aurait pu mentir, bien sûr. Mais à quoi bon ?

— Tu es très doué pour ça.

— Hmm, tu ne te défends pas trop mal non plus. Nous nous sommes toujours bien entendu sexuellement, n'est-ce pas ? Dommage que tu n'aies pas réussi à supporter le reste, ajouta-t-il d'un ton pince-sans-rire.

Elle soupira.

— Pourquoi revenir encore sur le passé ? Aujourd'hui je suis là et je me comporte comme tu me l'as demandé. Tu devrais plutôt essayer de me faciliter la tâche.

A sa grande surprise, au lieu de lui lancer une réplique cinglante, Lucas déclara d'un ton las :

— Ce n'est pas si simple, *cara.*

— Pourquoi ? Tu sais bien que je suis prête à tout pour ne pas être séparée de mon fils. Je ne risque plus de disparaître du jour au lendemain.

— Autrefois tu disais que tu m'aimais, mais ça ne t'a pas empêchée de t'en aller, rappela-t-il avec une douceur à laquelle elle n'était plus habituée.

Elle déglutit péniblement.

— C'était différent. Je… Je n'ai pas envie de parler de ça. Ce qui compte, c'est le présent. Je ne pourrai jamais quitter Tom. J'en mourrais.

Elle plongea son regard dans celui de Lucas.

— Ça me détruirait. C'est ce que tu veux ? Peut-être ne seras-tu pas satisfait tant que tu n'auras pas assouvi ta soif de vengeance.

Lucas passa nerveusement la main dans ses cheveux.

— C'est ce que j'ai cru au début. Aujourd'hui… Aujourd'hui, je n'en suis plus certain. J'aimerais continuer à te haïr, mais il y a toujours ce fichu lien entre nous qui ne veut pas disparaître ! Pourquoi a-t-il fallu que tu me touches, tout à l'heure ?

— Pardon ?

Décontenancée, elle le considéra avec attention. Ses yeux

turquoise brillaient d'une émotion étrange. C'était comme si une barrière venait de tomber entre eux…

— Je faisais de mon mieux pour garder mes distances mais il a fallu que tu me mettes à l'épreuve, n'est-ce pas, *cara* ?

Elle ouvrit de grands yeux.

— Pas du tout !

Il eut un sourire crispé.

— Si. Tu n'as pas pu t'en empêcher. Bon sang, *cara,* tu sais bien que mon désir pour toi me met au supplice !

De plus en plus déconcertée, elle bredouilla :

— Mais… tu m'as répété plusieurs fois le contraire !

Certes, elle ne l'avait pas cru. Mais elle ne s'attendait pas pour autant à un tel aveu !

— J'ai menti, reconnut-il en s'écartant d'elle.

— Pourquoi ?

— Parce que je t'en voulais. Mais tu n'as jamais été dupe, n'est-ce pas ?

Avec un calme qu'elle était loin de ressentir, elle croisa les bras. Finalement, elle n'allait peut-être pas avoir grand-chose à faire pour le séduire…

— Qu'est-ce qui te fait dire ça ?

— Inutile de prendre cet air innocent, *cara*. Tu me l'as plus ou moins dit toi-même il y a quelques heures dans l'avion.

Elle se mordit la lèvre. Impossible de le nier.

— Mais tu préférerais que ce soit vrai, n'est-ce pas ? demanda-t-elle en s'efforçant de prendre un ton léger.

Il haussa les épaules.

— Quel homme sain d'esprit serait prêt à reconnaître qu'il désire encore la femme qui l'a quitté ? La femme qui lui a caché pendant des années qu'il était père ? Eh bien moi, je viens de le reconnaître. Ce qui prouve à quel point je suis idiot. Mais je n'y peux rien, c'est plus fort que moi. Quelque chose en toi m'attire irrésistiblement. Je sais que tu m'as menti. Je suis persuadé que tu recommenceras, mais ça ne m'empêche pas te de désirer. Mes sens l'emportent sur ma raison. N'est-ce pas ce que tu voulais entendre ?

Détournant les yeux, elle regarda le panorama sans le voir. Bien sûr, il n'était question ni d'amour ni de confiance, mais de l'instinct le plus primaire qui soit. Lucas n'éprouvait rien d'autre pour elle que du désir. Ce n'était qu'un pis-aller, mais c'était déjà ça, non ?

— Rien ne t'empêche plus de me toucher maintenant.

La voix rauque de Lucas la fit tressaillir. Dans le clair de lune, elle vit une lueur familière briller dans ses yeux.

— Ici ? demanda-t-elle dans un souffle.

— Pourquoi pas ?

Il se rapprocha d'elle.

— Tu fais machine arrière, *cara* ?

Elle secoua la tête en jetant un coup d'œil vers la villa. Eleanor était toujours assise à table, sur la terrasse.

— Non, mais ta grand-mère pourrait nous voir.

Avec un sourire malicieux, il posa les mains sur ses hanches et l'attira plus près de lui.

— Tant mieux, puisque nous voulons lui prouver que nous sommes amoureux. Alors… quand tu veux…

Il se croyait très malin, songea-t-elle. Il lui laissait l'initiative, sans doute persuadé qu'elle allait se dérober à cause de sa grand-mère. Mais elle avait plus de cran qu'il ne pensait… Posant les mains sur son torse, elle leva vers lui un regard provocant.

— Tu es certain de vouloir que je continue ? demanda-t-elle en glissant les doigts dans l'encolure de sa chemise.

— Si tu es d'accord, je le suis aussi, murmura-t-il en la plaquant contre lui.

Aussitôt, elle sentit son corps s'embraser.

Refermant les mains sur sa nuque, elle traça un sillon de baisers dans son cou, puis mordilla doucement sa lèvre inférieure avant de la lécher du bout de la langue. Electrisée par le long frisson qui le parcourut, elle continua ses caresses sans l'embrasser vraiment, pour le mettre au supplice. N'y tenant plus, il finit par lui imposer un baiser ardent.

Très vite, ils oublièrent qu'Eleanor risquait de les voir. Leur baiser s'approfondit, tandis que le désir montait dangereusement en eux. A bout de souffle, ils finirent par s'interrompre pour se contempler, les yeux dans les yeux.

— J'avais oublié que t'embrasser pouvait être une aventure aussi exaltante, avoua Lucas d'une voix hachée.

— Tu crois que nous avons convaincu ta grand-mère ?

Ils regardèrent tous les deux en direction de la terrasse. La place d'Eleanor était vide.

— Elle est rentrée, commenta Lucas. Sans doute n'avait-elle pas envie de jouer les voyeuses. Ça commençait à devenir torride.

— Nous devrions en faire autant. Elle a probablement été très embarrassée.

— Ne t'inquiète pas, *cara*. Elle n'est pas née de la dernière pluie. Mais tu as raison, nous ferions mieux de rentrer. J'ai un coup de téléphone à donner.

Au même instant, un bruit étouffé se fit entendre.

— C'est Tom ! s'exclama Sofie en reconnaissant les pleurs du petit garçon. Il a dû se réveiller et se demander où il se trouve.

Elle s'élança sur le chemin qui menait à la villa, suivie par Lucas. Ils arrivaient sur la terrasse quand Eleanor vint à leur rencontre.

— Sofie, Tom est réveillé. Il vous réclame.

Sofie sentit ses joues s'enflammer. Tom devait pleurer depuis déjà un moment, mais ils étaient trop occupés pour prêter attention au monde qui les entourait…

— J'y vais tout de suite. Excusez-moi.

Evitant le regard de la vieille dame, elle entra précipitamment dans la maison.

Eleanor se tourna vers son petit-fils.

— Intéressant… Je n'imaginais pas que la femme dont tu nous as tant parlé autrefois était capable de rougir.

Lucas poussa un soupir.

— A certains moments elle est comme un livre ouvert, mais à d'autres je ne comprends rien à ses réactions.

Sa grand-mère pouffa.

— C'est tout simplement une femme !

Il hocha la tête avec résignation.

— Ça te dérange si j'utilise le bureau ? J'ai des affaires à régler. Etant donné que mon épouse est occupée ailleurs, autant que je m'y mette maintenant. Bonne nuit, ajouta-t-il en embrassant Eleanor. A demain.

Il s'écoula presque une heure avant que Lucas termine sa série de coups de téléphone et se mette à la recherche de Sofie. Ne la trouvant pas dans leur chambre, il alla voir dans celle de Tom.

Son fils s'était rendormi, étendu en travers du lit, constata-t-il en s'immobilisant sur le seuil. Assise à son chevet dans un fauteuil, Sofie dormait profondément elle aussi. Il traversa la pièce à pas feutrés et la prit dans ses bras pour la porter jusqu'à leur chambre. Il la posa avec précaution sur le lit, la déshabilla sans lui ôter ses dessous et la couvrit avec le drap.

Il la contempla un instant en silence. Si seulement il parvenait à savoir ce qui se passait dans sa tête… Réprimant un soupir, il se rendit dans la salle de bains pour prendre une douche. A son retour, Sofie n'avait pas bougé.

Il enleva la serviette qu'il avait nouée autour de ses hanches et se glissa à côté d'elle sous le drap.

Quelques minutes plus tard, il s'endormit.

8.

Sofie s'étira voluptueusement avec un petit soupir d'aise, puis elle tressaillit, interloquée. Son oreiller se soulevait et s'abaissait doucement, à un rythme régulier… Lucas ! comprit-elle aussitôt. Elle avait la tête appuyée contre son torse et une jambe enroulée autour d'une de ses cuisses… De son côté, il dormait en la tenant fermement contre lui, un bras autour de sa taille et une main sur sa hanche.

Sans ouvrir les yeux, elle tenta de rassembler ses souvenirs. Comment s'était-elle retrouvée dans cette position ? Sans doute s'était-elle blottie contre lui pendant son sommeil, retrouvant instinctivement l'habitude qu'ils avaient prise pendant les quelques mois de leur vie commune, six ans plus tôt.

Un sourire étira ses lèvres. Comme c'était agréable ! Elle allait savourer chaque seconde de ce moment délicieux avant que Lucas ne se réveille et que la réalité ne reprenne le dessus. Lentement, elle se mit à caresser sa peau soyeuse, promenant ses doigts sur son torse musclé et son ventre plat, avant de s'immobiliser, une main sur sa hanche.

Il était entièrement nu ! Et elle aussi, apparemment ! Etait-il possible que… ?

— Pourquoi t'es-tu arrêtée ? demanda la voix rauque de Lucas.

Elle ouvrit les yeux et leva la tête vers lui. Son menton

était ombré d'une barbe naissante et une lueur gourmande brillait dans ses yeux turquoise.

— Tu es tout nu !

Elle se mordit aussitôt la lèvre. Voilà qu'elle jouait les pudibondes ! A en juger par son sourire narquois, Lucas trouvait lui aussi cette réflexion ridicule…

— Je dors toujours nu. Et toi aussi, autrefois. Tu l'as oublié, *cara* ?

— Non, mais… que s'est-il passé la nuit dernière ?

— Ah… Tu ne te souviens pas ?

Elle ouvrit de grands yeux.

— De quoi parles-tu ?

— *Cara,* tu as été fantastique ! Tu m'as coupé le souffle ! Comment as-tu pu oublier ?

Elle faillit être dupe, mais il ne parvint pas complètement à réprimer son sourire malicieux.

— Menteur ! Il ne s'est rien passé, n'est-ce pas ?

Il haussa les épaules.

— Seulement dans mes rêves.

— Mais dans ce cas, pourquoi suis-je nue ?

— Parce que lorsque je t'ai mise au lit, je t'ai déshabillée. Cependant, je te signale que je t'ai laissé tes dessous.

Il tira sur la culotte de Sofie et fit claquer légèrement l'élastique sur sa hanche.

— Malheureusement, ils ne cachent pas grand-chose. D'où mes rêves.

— Tu aurais pu me réveiller pour que je me change, fit-elle valoir, alors que la mémoire lui revenait.

Ils s'étaient embrassés passionnément dans le jardin. Si Tom ne s'était pas réveillé, ils auraient sans doute fait l'amour… Elle avait dû s'endormir dans la chambre de Tom et Lucas l'avait portée jusqu'ici sans qu'elle se réveille.

— J'aurais pu, acquiesça-t-il en faisant courir un doigt le long de son bras et sur son épaule, avant de redescendre vers la naissance de ses seins. Mais tu avais plus besoin de sommeil que d'une chemise de nuit. Alors je t'ai laissé dormir comme un bébé.

A présent, alors que les doigts de Lucas s'approchaient dangereusement de l'agrafe de son soutien-gorge, elle n'avait pas du tout l'impression d'être un bébé ! Laissant échapper un petit soupir, elle s'humecta les lèvres.

— Je suis réveillée, maintenant…

Le sourire de Lucas se fit sensuel.

— Et c'est le moment idéal pour un baiser matinal, murmura-t-il en se penchant vers elle pour s'emparer de sa bouche.

Une vive chaleur se répandit dans tout le corps de Sofie. Avec un ronronnement voluptueux, elle enfonça les doigts dans les cheveux de Lucas.

Il dégrafa son soutien-gorge et referma la main sur un sein. Aussitôt le téton se hérissa au creux de sa paume. Se pressant contre lui en gémissant, Sofie approfondit leur baiser, tandis qu'il poursuivait ses caresses diaboliques.

Au bout d'un long moment, il finit par s'arracher à ses lèvres. Baissant les yeux sur ses seins, il murmura d'une voix rauque :

— Ils sont plus généreux qu'avant.

Puis il referma la bouche sur le bourgeon frémissant. Transpercée par une flèche acérée de désir, Sofie poussa un cri rauque.

— Et encore plus délicieux, ajouta-t-il quelques minutes plus tard en lui enlevant complètement son soutien-gorge.

Puis il se pencha sur l'autre sein pour en lécher, sucer et aspirer le téton.

Emportée dans un tourbillon de sensations fabuleuses, elle creusa les reins en laissant échapper un long gémissement. Il y avait trop longtemps que Lucas ne l'avait pas touchée ! Ses caresses expertes la rendaient folle… Quelques instants plus tard, il abandonna son sein pour promener les lèvres sur tout son corps.

— Lucas…

Elle l'aimait tellement ! Mais lui ne l'aimait pas. Il ne fallait pas l'oublier… Au même instant, il traça un sillon de baisers sur son ventre, effaçant toute pensée cohérente de son esprit. Elle eut à peine conscience qu'il lui ôtait sa culotte, mais les caresses dont il couvrit ses jambes et ses cuisses attisèrent encore l'incendie qui courait en elle.

Elle voulut se redresser pour les lui rendre, mais elle retomba aussitôt en arrière en gémissant, alors qu'il glissait la main entre ses cuisses. Explorant délicatement la fleur de sa féminité, il enfonça un doigt dans son cœur moite et se mit à l'honorer avec une habileté redoutable. Submergée par les premières vagues du plaisir, elle enfonça les doigts dans ses cheveux en protestant d'une voix rauque.

— Non ! Attends !

Pas question d'atteindre seule le plaisir suprême… Elle voulait le partager avec lui…

Il resta sourd à ses supplications. Lorsque sa bouche prit le relais de sa main, elle perdit les dernières bribes de volonté qui lui restaient. Le raz-de-marée qui la balaya fut d'une violence inouïe. Elle reprit conscience un long moment plus tard, à la fois éblouie et frustrée. Elle se sentait merveilleusement bien, mais elle aurait tellement aimé qu'il l'accompagne dans ce fabuleux voyage…

Visiblement conscient de son désarroi, Lucas se redressa sur un coude et posa la main sur sa joue. Devant son regard accusateur, il sourit.

— Ne sois pas fâchée. Te donner du plaisir m'a comblé.

— Et si je voulais t'en donner aussi ?

Une lueur malicieuse s'alluma dans les yeux turquoise.

— Pas de problème, *cara*. Vas-y. Je te promets de me laisser faire.

Elle se redressa.

— C'est très imprudent de me dire ça…

Il eut un sourire sexy.

— J'aime vivre dangereusement.

Se penchant sur lui, elle promena les doigts sur son torse, effleurant sa peau de manière imperceptible. Parcouru d'un long frisson, Lucas murmura quelques mots inintelligibles.

Ravie de cette réaction, elle élargit sa zone d'exploration et savoura le plaisir de caresser ses épaules musclées. Puis, elle couvrit ensuite son ventre de baisers et de caresses, s'aventurant progressivement de plus en plus bas.

Alors qu'elle approchait de sa virilité pleinement éveillée, elle le sentit se raidir. Pour le rendre fou de désir et lui donner un plaisir aussi dévastateur que celui qu'elle avait reçu de lui, rien de tel que l'esquive… Elle promena les doigts sur ses cuisses dans un lent mouvement de va-et-vient, en remontant régulièrement vers l'aine pour frôler sa virilité sans jamais s'y attarder. Chaque fois, elle sentait avec délectation les longs frissons qui parcouraient Lucas.

— Comment je m'en sors, jusque-là ? demanda-t-elle avec un sourire malicieux.

— Ça t'amuse, n'est-ce pas, *cara* ? gronda-t-il d'une voix rauque en ouvrant les yeux.

— Je peux m'arrêter, si tu veux…

Il darda sur elle un regard étincelant.

— Si tu fais ça, tu le regretteras jusqu'à la fin de tes jours !

En riant, elle se pencha en avant pour soumettre sa virilité fièrement dressée à la caresse de ses cheveux. A sa grande joie, il jura en italien.

Alors elle se mit sur lui et l'accueillit en elle, ondulant des hanches avec une lenteur délibérée, déterminée à prolonger son supplice le plus longtemps possible. Cependant, son propre corps menaçait de la trahir. Se mordant la lèvre, elle dut faire appel à toute sa volonté pour ne pas se laisser submerger par le plaisir tout proche.

Mais lorsque Lucas posa les mains sur ses seins, caressant leurs bourgeons hérissés du creux de la paume puis du bout des doigts, elle perdit toute retenue et accéléra le rythme avec frénésie. Il l'agrippa par les hanches pour l'obliger à s'immobiliser.

— Attends, murmura-t-il en l'attirant contre lui avant de la faire rouler sur le dos.

Nouant les jambes autour de ses reins, Sofie fut emportée dans une spirale de feu tourbillonnante, au sein de laquelle ils ne formaient plus qu'un seul corps. Dans un même cri rauque, ils s'abandonnèrent aux lames de fond qui déferlaient en eux. Un long moment plus tard, ils reprirent peu à peu pied dans la réalité, enfin repus.

Lucas remonta le drap sur eux.

— Dors maintenant, *cara,* murmura-t-il en déposant un baiser sur sa tempe tandis qu'elle se blottissait contre lui.

Elle se réveilla pour la seconde fois quelques heures plus tard et ce fut alors l'absence du torse de Lucas sous sa tête qui l'intrigua. Elle était seule dans le lit, constata-t-elle en ouvrant les yeux.

Leurs retrouvailles sensuelles avaient surpassé ses espérances les plus folles. Cela aurait été encore mieux si Lucas avait été là, mais elle pouvait difficilement se plaindre…

Soudain, le rire de Tom résonna dans le couloir. Elle tendit l'oreille. A présent, c'était sa voix qu'elle entendait. De plus en plus proche, accompagnée d'une voix plus grave… Elle eut tout juste le temps de remonter le drap sur elle. Quelques secondes plus tard, Tom fit irruption dans la pièce, suivi de Lucas.

— Maman ! Maman ! s'exclama-t-il en se précipitant sur le lit. Papa va m'apprendre à nager !

— Quelle chance tu as ! Papa est un excellent nageur. D'ailleurs, papa est très doué dans des tas de domaines, ajouta-t-elle en regardant Lucas.

En faisant des bonds sur le lit, Tom précisa :

— Nous irons après le petit déjeuner.

— C'est bien. Il ne faut jamais se baigner tout de suite après avoir mangé. Mais quand vas-tu me faire un gros bisou ?

— Maintenant !

Il se laissa tomber dans ses bras et ils échangèrent plusieurs baisers sonores.

Quelques instants plus tard, Lucas se leva.

— Viens, Tom. Allons manger, sinon tu vas être obligé d'attendre cet après-midi pour nager. Laissons maman s'habiller en paix.

Après leur départ, une larme roula sur la joue de Sofie. C'était ainsi qu'ils auraient dû vivre dès la naissance de Tom… Ensemble, tous les trois. Mais il était inutile de ressasser des regrets. Se lamenter ne servait à rien. Et même si Lucas n'éprouvait plus d'amour pour elle, son désir était un merveilleux cadeau. Il fallait savourer le présent sans regarder en arrière.

S'efforçant de garder cette pensée à l'esprit, elle se leva, prit une douche, mit un short et un débardeur, enfila des sandales et quitta la chambre.

Avant de franchir la baie vitrée, elle s'immobilisa un instant pour contempler les deux têtes brunes penchées l'une vers l'autre. Tom murmurait quelque chose à l'oreille de son père, qui riait. Comme ils se ressemblaient ! Et comme elle les aimait !

Prenant une profonde inspiration, elle sortit sur la terrasse.

— Bonjour ! Quelle belle journée ! lança-t-elle à la cantonade.

Elle embrassa Eleanor sur la joue.

— Bonjour, Sofie. Vous avez bien dormi ?

— Très bien, merci, répondit-elle en jetant un regard furtif à Lucas.

Il fixait sur elle un regard pénétrant, constata-t-elle, le cœur battant.

— J'ai droit à un baiser, moi aussi ? demanda-t-il.

— Bien sûr.

Elle se pencha pour lui faire la bise, mais il tourna la tête au dernier moment et leurs lèvres se rencontrèrent.

— Moi aussi, j'ai bien dormi, murmura-t-il.

Le cœur battant, elle fut parcourue d'un long frisson. Lorsqu'elle fut assise et que la gouvernante eut apporté des croissants chauds et du café, Eleanor demanda :

— Allez-vous nager, vous aussi, Sofie ?

— Non, je crois que je vais paresser, aujourd'hui. Mais je vais regarder les nageurs, bien sûr.

Hors de question de ne pas assister à la première leçon de natation de Tom !

La gouvernante revint pour informer Lucas qu'il avait un appel téléphonique. Il disparut dans la villa et ne revint qu'un long moment plus tard. Sofie buvait sa seconde tasse de café, tandis qu'Eleanor était rentrée avec Tom pour l'aider à mettre son maillot de bain et les brassards gonflables qu'elle lui avait achetés.

— Rien de grave ? demanda Sofie lorsque Lucas s'assit en face d'elle.

— Non, juste un problème déjà ancien en voie de résolution. La solution la plus évidente est souvent la dernière à laquelle on pense.

Appuyé sur un coude, le menton dans la main, il la regarda d'un air songeur.

— J'ai de la confiture sur le nez ? demanda-t-elle, embarrassée par son regard pénétrant.

— Non, j'admire juste la vue.

— C'est ce que je faisais aussi avant que tu me la caches, plaisanta-t-elle.

— Ce n'est pas très gentil, *cara.* Ça mérite une punition.

— Vraiment ? Je ne vois pas pourquoi…

Elle termina sa tasse et la posa.

— Je vais voir comment Tom s'en sort, ajouta-t-elle en se levant.

Mais avant qu'elle ait pu faire un pas, Lucas la saisit par le bras et l'obligea à faire le tour de la table pour l'attirer contre lui.

— Oh, non, *cara,* tu ne t'en tireras pas aussi facilement !

— Brute ! protesta-t-elle en riant.

Elle tenta de se libérer, mais Lucas était beaucoup plus fort qu'elle. Elle finit par atterrir sur ses genoux, où il la retint captive.

— Excuse-toi, intima-t-il d'un ton faussement impérieux en la chatouillant.

— Jamais !

Mais ses protestations furent noyées dans un fou rire. Elle continua néanmoins à se débattre, tandis qu'il continuait de la soumettre à la torture. Jusqu'au moment où, par inadvertance, il frôla un de ses seins.

— Eh bien, n'est-ce pas un heureux hasard ? demanda-t-il avec une lueur gourmande dans les yeux.

— Je te rappelle que Tom et ta grand-mère peuvent revenir à tout moment, dit-elle en s'efforçant d'ignorer la chaleur qui se répandait en elle.

— Alors tu ferais mieux de t'excuser rapidement, tu ne crois pas ?

Elle secoua vigoureusement la tête.

— Jamais ! Même si ma vie en dépendait !

A son grand soulagement, la voix fluette de leur fils retentit au même instant, quelque part à proximité.

— Sauvée *in extremis*, commenta Lucas en la lâchant.

Elle eut tout juste le temps de rajuster son T-shirt et de mettre de l'ordre dans ses cheveux avant qu'Eleanor et Tom fassent leur apparition.

En voyant son fils, elle fut submergée par une vague de tendresse. Avec son maillot de bain bleu électrique et ses brassards gonflables, il était à croquer…

— On peut y aller maintenant ? demanda-t-il à son père, brûlant manifestement d'impatience.

Hochant la tête, Lucas se leva et lui prit la main.

— Tu viens, maman ?

Sofie se leva à son tour et lui prit l'autre main.

— Bien sûr. Vous nous accompagnez, Eleanor ?

— Non, allez-y tous les trois. J'ai une ou deux choses à faire. Je vous rejoindrai plus tard. Amusez-vous bien !

Ils suivirent ce conseil à la lettre. Pas le moins du monde effarouché par l'eau, Tom aurait sauté à l'endroit le plus profond du bassin si Lucas ne l'en avait empêché. D'abord un peu anxieuse, Sofie fut vite rassurée. Lucas était un excellent pédagogue et il avait une patience d'ange. Très vite, Tom fut capable de traverser la piscine en nageant comme un petit chien. Bien sûr, il éclaboussait tout sur son passage et à un moment, il fit même boire la tasse à son père. Lorsque ce dernier refit surface en toussant, Sofie éclata de rire, ce qui lui valut un regard menaçant.

— Ah, tu trouves ça drôle ?

Lucas hissa aussitôt Tom hors de l'eau et l'assit au bord de la piscine.

— Ne bouge pas, recommanda-t-il d'un ton ferme avant de sortir lui-même du bassin et de se diriger vers Sofie.

Eblouie par son corps athlétique ruisselant d'eau, elle sentit son cœur s'affoler dans sa poitrine, mais pas par crainte de représailles… Cependant, alors qu'elle s'attendait à ce qu'il secoue la tête au-dessus d'elle pour l'asperger d'eau, il la souleva de sa chaise longue et repartit en sens inverse.

— Non ! Lâche-moi immédiatement !

Il lui adressa un sourire éblouissant.

— Je parie que tu regrettes de ne pas t'être excusée, tout à l'heure, murmura-t-il d'une voix suave en s'immobilisant au bord du bassin.

Elle jeta un coup d'œil à l'eau qui miroitait au soleil et se cramponna à son cou.

— Je suis désolée. Je te présente mes plus humbles excuses.

Le sourire de Lucas s'élargit.

— Trop tard, *cara,* dit-il juste avant de sauter dans la piscine.

Elle poussa un cri perçant qui fut noyé dès qu'elle s'enfonça dans l'eau. Lucas l'ayant lâchée, elle donna un coup de pied contre le fond et le chercha du regard dès qu'elle refit surface. Mais elle ne vit que Tom. Toujours assis à la même place, il pleurait de rire. Elle eut tout juste le temps de lui faire un signe de la main avant de sentir des doigts se refermer sur sa cheville et d'être de nouveau attirée vers le fond. Sous l'eau, Lucas prit son visage entre ses mains et l'embrassa. Electrisée, elle lui répondit avec fougue, nouant les bras autour de son cou et mêlant ses jambes aux siennes. Mais à leur grand regret, ils durent bientôt s'écarter l'un de l'autre pour remonter chercher de l'air à la surface.

— Tu ne perds rien pour attendre, Lucas Antonetti, menaça Sofie en riant avant de nager vers Tom, qui avait une mine inquiète.

— Ça va, mon chéri ?

— Je n'aime pas quand tu vas sous l'eau, répondit-il avec une moue boudeuse.

— Ce n'est rien, mon chéri. Papa m'a attirée sous l'eau parce que je sais nager. Il ne fera jamais la même chose avec toi. Tu reviens te baigner ? demanda-t-elle en tendant les bras.

Le visage de Tom s'éclaira et il sauta aussitôt dans l'eau.

— Tu ne vas pas mettre un maillot de bain ?

Elle fit la grimace.

— Je crois que ce n'est plus la peine. Je ne peux pas me mouiller encore plus, tu ne crois pas ?

Tom éclata de rire et se mit à taper dans l'eau pour l'éclabousser. Lucas émergea à quelques centimètres d'eux, manifestement très content de lui.

— Tu ne crois pas que tu es un peu trop habillée pour la circonstance, *cara* ?

Elle darda sur lui un regard faussement sévère.

— Comme je te l'ai déjà dit, tu ne perds rien pour attendre.

— J'ai hâte de voir ça, rétorqua-t-il avant de rejoindre Tom, qui s'éloignait vers l'extrémité la plus profonde du bassin.

Sofie les suivit des yeux et son cœur se gonfla de joie. Pour la première fois depuis une éternité, elle était vraiment heureuse. Et peu importait si ça ne devait pas durer.

A cet instant précis, la vie était telle qu'elle l'avait toujours rêvée.

9.

Les jours suivants, le rêve se poursuivit. Lucas était redevenu l'homme de ses souvenirs et sa rancune envers elle ne se manifestait plus. Elle n'avait sans doute pas disparu pour autant, mais peut-être y avait-il un espoir qu'il finisse par lui pardonner un jour, se disait-elle de plus en plus souvent. Comme elle-même commençait à lui pardonner de l'avoir trahie autrefois…

Choyé par trois adultes en adoration devant lui, Tom était de plus en plus épanoui. Et comme l'espérait Lucas, Eleanor semblait transformée. Son arrière-petit-fils lui avait redonné goût à la vie. Elle ne se remettrait jamais vraiment de la perte de son mari, mais la présence de Tom lui donnait envie de se lever le matin. De son côté, le petit garçon l'adorait, parce qu'elle n'hésitait pas à s'asseoir par terre pour jouer aux voitures avec lui pendant des heures.

Si les journées étaient détendues, les nuits étaient torrides. La passion qui unissait Sofie et Lucas semblait inextinguible. A certains moments, leur entente était si exceptionnelle qu'elle en avait les larmes aux yeux. La nuit dernière avait été particulièrement fantastique. Si elle n'avait pas eu la certitude que Lucas ne l'aimait pas, elle aurait pu croire qu'il éprouvait des sentiments très profonds pour elle.

Elle poussa un petit soupir nostalgique en caressant doucement le bras hâlé passé autour de sa taille. C'était si bon de se réveiller blottie contre lui… Elle se sentait si bien… Pourquoi ne pouvait-elle se contenter de ce qu'elle avait au lieu d'espérer qu'il l'aimerait de nouveau un jour ?

Elle laissa échapper un nouveau petit soupir et le bras se resserra autour de sa taille. Lucas était réveillé…

— Tu sembles triste. Qu'est-ce qui ne va pas ? Je pensais que tu étais heureuse, ici, murmura-t-il d'une voix ensommeillée.

— Je le suis. C'est un endroit fantastique et j'aime beaucoup ta grand-mère. Elle est très chaleureuse. Tom l'adore.

— Parce qu'elle lui donne tout ce qu'il veut. Elle va le pourrir.

Sofie laissa échapper un petit rire.

— Oui. Mais il sait garder la tête sur les épaules, tu verras.

Elle se retourna vers lui. Comme il était séduisant avec sa barbe naissante ! Cela lui donnait un air canaille…

— Me suis-je excusée pour t'avoir privé de lui ?

— Oui, mais tu peux encore recommencer, si tu veux, murmura-t-il en promenant la main sur sa hanche et en se pressant contre elle.

Electrisée par le contact de sa virilité pleinement éveillée, elle fut parcourue par de délicieux frissons.

— Je n'ai pas l'impression que tu aies vraiment envie de discuter pour l'instant, murmura-t-elle.

— Comment as-tu deviné ?

Il s'empara de sa bouche pour un long baiser langoureux.

Un peu plus tard, ils prirent une douche, s'habillèrent et se rendirent dans la chambre de Tom. Mais ce dernier était déjà à table sur la terrasse avec son arrière-grand-mère. Après les avoir embrassés, Sofie s'assit et se servit. Il y avait toujours des tas de choses délicieuses pour le petit déjeuner ! Ce qui tombait très bien parce qu'elle avait une faim de loup… Mais apparemment, ce n'était pas passé inaperçu, constata-t-elle en surprenant le regard taquin de Lucas.

— Je t'interdis de faire le moindre commentaire, murmura-t-elle en indiquant discrètement leur fils.

Tom risquait de poser des questions embarrassantes…

Lucas arqua les sourcils d'un air faussement perplexe.

— J'allais juste dire que j'aimais les femmes qui ont de l'appétit.

— Arrête de la taquiner, Lucas, intervint Eleanor en riant. Avez-vous des projets pour aujourd'hui ? Vous pourriez aller au marché. Tom et moi nous serons très bien ici tous les deux, n'est-ce pas, Tom ?

Le petit garçon eut un sourire ravi.

— On va jouer aux courses de voitures avec mamie ! Elle est vraiment super !

Sofie pouffa.

— Quelle chance tu as !

— Et les parents de papa ? Vais-je les voir bientôt, eux aussi ?

Lucas hocha la tête.

— Bien sûr. Sans doute dès notre retour à Londres. Ils sont très impatients de faire ta connaissance.

— D'accord.

Satisfait, Tom se remit à faire slalomer une petite voiture entre les pots de confiture.

— Tu as envie d'aller au marché ? demanda Lucas à Sofie.

— Avec plaisir.

— Profitez-en pour déjeuner au restaurant, conseilla Eleanor. Vous avez besoin de vous retrouver en tête à tête. Prenez votre temps.

— Essaierais-tu de te débarrasser de nous ? plaisanta Lucas.

— Parfaitement ! Tom et moi nous avons des projets et nous ne voulons personne dans nos pattes. Allez, ouste ! Amusez-vous et ne revenez pas avant d'être complètement épuisés !

Lucas se leva en riant.

— Message reçu. Puisque nous sommes indésirables, nous partons. Tom, tu vas être sage ?

Le petit garçon hocha vigoureusement la tête en souriant.

— C'est bien. Tu es prête ? demanda Lucas en se tournant vers Sofie.

Elle bondit sur ses pieds.

— Je vais chercher mon sac et je te rejoins à la voiture. Vous êtes certaine que ça va aller avec Tom, Nell ?

— Ne vous inquiétez pas, tout va très bien se passer. Passez une bonne journée, répondit la vieille dame en lui tapotant affectueusement le bras.

— Merci.

Sofie embrassa Eleanor et Tom, puis rentra dans la maison.

Lucas conduisait lentement sur la route en lacets qui descendait vers la côte. Ils n'étaient pas pressés et le paysage était d'une beauté à couper le souffle. Sofie se cala dans son siège. Il y avait longtemps qu'elle ne s'était pas sentie aussi détendue. Une journée entière en tête à tête avec Lucas… Quelle perspective fantastique !

— Quel plaisir de voir que ta grand-mère et Tom s'entendent si bien ! déclara-t-elle en souriant.

Lucas rit.

— Je défie quiconque de ne pas aimer Tom. Je l'ai aimé dès que je l'ai vu.

— C'est vrai ?

— J'ai été conquis au premier regard.

Elle sentit sa gorge se nouer. Se pardonnerait-elle un jour de l'avoir privé de son fils ?

— Moi aussi je l'ai aimé au premier regard. Lorsque l'infirmière me l'a mis dans les bras après sa naissance.

— C'est parce que nous aimons tous les deux notre fils que nous devons sauver notre mariage, *amore*.

Lucas avait raison, songea-t-elle. Et peut-être qu'avec le temps, ils finiraient par oublier l'un et l'autre leurs griefs.

Le reste du trajet se passa dans une atmosphère détendue. Quand la route le lui permettait, Lucas s'arrêtait pour que Sofie puisse admirer la vue. Impressionnée par la traîtrise de certains virages, elle fut cependant soulagée d'arriver sur la côte. Ils se garèrent sur le front de mer et se rendirent à pied au marché.

A la grande joie de Sofie, Lucas lui prit la main tandis qu'ils déambulaient parmi les étals regorgeant de produits plus tentants les uns que les autres. Parlant couramment le français, elle n'avait aucun mal à se faire comprendre et ils furent bientôt chargés de nombreux paquets. Lucas décida de les rapporter à la voiture avant d'aller déjeuner.

Alors qu'elle l'attendait à l'ombre, assise sur un banc à l'entrée du marché, le regard de Sofie fut attiré par une silhouette familière. L'homme lui tournait à moitié le dos et pourtant elle était certaine de l'avoir déjà vu quelque part… Gary Benson ? Non, ça ne pouvait pas être lui ! Effarée, elle se pencha pour tenter de voir son visage. Elle n'avait plus entendu parler de lui depuis qu'il était venu devant la maison de Hampstead, quelques jours avant qu'elle quitte celle-ci pour le Nord. Dévastée par la trahison de Lucas, elle l'avait complètement oublié, à vrai dire. En Angleterre il aurait peut-être pu réapparaître un jour ou l'autre, mais ici... C'était impossible ! L'homme tourna la tête et elle sentit son estomac se nouer. Il regarda dans sa direction pendant quelques secondes, puis il s'éloigna.

Au bord de la nausée, elle bondit sur ses pieds. C'était lui. C'était Gary Benson ! Elle n'avait pas vu distinctement ses traits, mais son instinct le lui disait. Cependant, il fallait à tout prix en avoir le cœur net. Elle ne supporterait pas de rester dans l'incertitude.

Elle s'élança derrière l'homme en essayant de le rattraper sans se faire remarquer. Si elle se trompait — et pourvu qu'elle se trompe ! — elle n'avait aucune envie qu'il la voie... Quelques minutes plus tard l'homme s'arrêta et elle se dissimula sous une porte cochère, le cœur battant à tout rompre.

Aussitôt, elle se sentit ridicule. Prendre un inconnu en filature comme dans un mauvais roman policier... Elle avait perdu la tête ! Toutefois, elle attendit encore quelques secondes avant de jeter un coup d'œil prudent dans la rue. Personne. Où était-il passé ? Elle courut vers le croisement qui se trouvait quelques mètres plus loin et vit disparaître la silhouette à l'angle d'une rue. Elle se précipita, mais quand elle atteignit l'angle en question, il n'y avait plus personne.

Se laissant aller contre le mur, elle murmura un juron. C'était fichu ! Elle ne saurait jamais si c'était bien lui ! Elle ferma les yeux, submergée par une rage impuissante qui lui était trop familière. Non, le cauchemar ne pouvait pas recommencer ! Comment Gary Benson pourrait-il l'avoir suivie jusqu'ici ? Comment aurait-il pu la retrouver sur la Côte d'Azur ?

— La photo dans le journal ne te flattait pas mais je t'ai reconnue tout de suite, Sofie.

Elle rouvrit les yeux, le souffle coupé. Gary Benson était devant elle, souriant.

— Le journal ? répéta-t-elle, hébétée.

— A l'aéroport. Tu te trouves à côté de ce footballeur.

Jamais elle n'avait imaginé un seul instant qu'elle pourrait figurer elle aussi sur une photo !

— Dès que je t'ai vue, j'ai décidé de venir te chercher, poursuivit Gary.

— Mais… comment m'as-tu trouvée ? bredouilla-t-elle, sous le choc.

— J'ai cherché Antonetti dans l'annuaire en arrivant ici.

La colère fit retrouver toute son énergie à Sofie. Elle s'écarta du mur et croisa les bras.

— Ça ne peut plus durer, déclara-t-elle d'un ton cinglant. Il faut arrêter de me suivre partout. Tu ne m'intéresses pas. Tu comprends ? Je ne veux plus jamais te voir.

Il secoua la tête avec un sourire indulgent.

— Allons, Sofie. Pourquoi ces mensonges ? Nous nous aimons. Nous sommes faits l'un pour l'autre. Tu le sais aussi bien que moi.

Elle serra les dents. Comment la vie pouvait-elle être aussi injuste ? Chaque fois qu'elle se croyait débarrassée de lui, il réapparaissait. Mais cette fois, elle en avait assez ! Incapable de se contenir plus longtemps, elle hurla :

— Va-t'en, pauvre minable ! Je ne t'aime pas ! Je ne t'ai jamais aimé ! Tu comprends ? C'est mon mari que j'aime ! Tu n'es rien pour moi ! Absolument rien !

Sur ces mots, elle pivota sur elle-même et s'éloigna d'un pas vif sans un regard en arrière. Quel soulagement d'avoir vidé son sac ! Peut-être avait-elle manqué de tact, mais après tout, le tact ne l'avait jamais menée nulle part avec lui. Un petit rire joyeux lui échappa. Oui, vraiment, elle avait très bien réagi !

Tout à coup, elle se figea. Lucas allait se demander où elle était passée ! Comment allait-elle lui expliquer son absence ? Mais peut-être n'était-il pas encore revenu de la voiture. Il n'y avait pas si longtemps qu'elle avait quitté leur point de rencontre.

Mais la première personne qu'elle aperçut en approchant du banc où il l'avait laissée, ce fut Lucas. Les mains sur les hanches, il scrutait la foule, manifestement nerveux. Quelques secondes plus tard, il la vit et la rejoignit à grandes enjambées.

— Où étais-tu passée ? J'étais inquiet !

— Excuse-moi. J'ai cru voir quelqu'un que je connaissais, répondit-elle avec franchise.

Mais comme elle s'y attendait, l'incrédulité se peignit sur le visage de Lucas.

— Ici ?

Elle haussa les épaules.

— Ce n'est pas aussi invraisemblable que ça peut le paraître. C'est un endroit très touristique.

— Admettons. Qui était-ce ?

Elle n'avait aucune envie de parler de Gary Benson. Tout ce qu'elle voulait c'était que cet homme disparaisse de sa vie une fois pour toutes !

— Qui as-tu cru reconnaître ?

— Oh, juste une vieille connaissance. Tu ne le connais pas.

— « Le » ?

— Tu n'as aucune raison d'être jaloux, voyons ! lança-t-elle avec un sourire malicieux. Nous n'avions pas ce genre de relation.

Lucas croisa les bras et darda sur elle un regard inquisiteur.

— Quel genre de relation aviez-vous, exactement ?

Incrédule, elle resta un instant sans voix. Serait-il vraiment jaloux ?

— Une relation à sens unique. De sa part, pas de la mienne,

s'empressa-t-elle de préciser. Mais quelle importance ? J'ai faim. Si nous allions déjeuner ?

— Tu es certaine que c'était à sens unique ?

Dire qu'elle avait suggéré qu'il était jaloux pour plaisanter ! se dit-elle, mi-amusée, mi-agacée.

— Bien sûr !

— Alors pourquoi as-tu cherché à le rattraper ?

Elle se maudit intérieurement. Quelle idiote ! La question de Lucas était très judicieuse. Et il était urgent de trouver une réponse convaincante…

— Parce que j'espérais que ce n'était pas lui et je voulais m'en assurer. Il était du genre pénible, et je préfère être sûre que je ne risque pas de le croiser d'un instant à l'autre. Mais pourquoi est-ce que ça te contrarie à ce point ?

Le visage de Lucas se ferma.

— Ça ne me contrarie pas. Simple curiosité. Allons manger.

Pendant tout le repas, les questions se bousculèrent dans l'esprit de Sofie. Etait-il possible que Lucas soit jaloux ? Cela signifiait-il qu'il éprouvait encore des sentiments pour elle ? Et si c'était le cas, s'il finissait par le lui avouer, oserait-elle le croire ? Il l'avait trahie autrefois. Parviendrait-elle à lui accorder de nouveau sa confiance ?

Après le repas, ils se promenèrent sur la plage, puis ils s'installèrent sous un parasol. Ils regagnèrent la villa en fin d'après-midi. A peine Lucas eut-il arrêté la voiture que Tom sortit de la maison en courant. Submergée par une vague de tendresse, Sofie bondit de son siège et s'accroupit devant lui pour le serrer dans ses bras.

— Maman, tu m'étrangles ! protesta-t-il au bout d'un moment en se tortillant.

— Excuse-moi, mon chéri, dit-elle en le lâchant. Tu m'as manqué.

— Viens voir ! Nous avons construit une superpiste de course !

Avant qu'elle ait le temps de réagir, il repartit vers la maison en courant. Elle le suivit des yeux en soupirant.

— Serait-il plus intéressé par ses voitures que par toi ? plaisanta Lucas en la hissant sur ses pieds.

Elle eut une moue de dérision.

— Par moments, il faut se résigner à n'être qu'une mère envahissante.

Lucas glissa un bras autour de la taille de Tom.

— Viens. Allons voir cette superpiste de course.

10.

Cette nuit-là, Sofie et Lucas firent l'amour avec une ardeur redoublée. Leur lit se transforma en champ de bataille et ils s'affrontèrent en un combat sauvage qui les précipita dans un puits de jouissance. Comblés et épuisés, ils s'endormirent blottis l'un contre l'autre.

Quelques heures plus tard, Sofie s'éveilla. A en juger par l'obscurité qui régnait dans la pièce, il était très tôt. Elle tourna la tête vers Lucas. Allongé sur le ventre, il dormait bras et jambes écartés. Une barbe naissante ombrait son menton et une mèche de cheveux lui barrait le front. Elle sentit son cœur se gonfler de tendresse. Malgré la souffrance qu'il lui avait fait subir, elle ne regretterait jamais de l'avoir rencontré et elle l'aimerait jusqu'à la fin de ses jours.

En prenant soin de ne pas le réveiller, elle se leva et gagna la salle de bains à pas feutrés pour prendre une douche et se laver les cheveux. Lorsqu'elle revint dans la chambre, Lucas dormait toujours. Elle enfila son peignoir et se pelotonna dans un fauteuil devant la fenêtre pour regarder le soleil se lever.

Si seulement cette période enchantée pouvait durer toujours ! Son souhait le plus cher était de continuer à vivre en famille entre les deux êtres qu'elle aimait le plus au monde, sans que jamais le moindre nuage vienne menacer leur bonheur… C'était sans doute irréaliste. Mais ce serait si merveilleux !

Elle poussa un petit soupir.

— A quoi penses-tu, *cara* ?

Elle tourna la tête vers le lit. Appuyé sur un coude, Lucas la regardait.

— Je rêvais tout éveillée, répondit-elle en souriant.

— A quoi ? Tu n'as pas l'intention de me quitter de nouveau, j'espère ? demanda-t-il avec le plus grand calme.

Elle eut l'impression de recevoir une gifle.

— Bien sûr que non ! Comment peux-tu imaginer ça ? protesta-t-elle d'une voix tremblante.

— Cette nuit nous avons fait l'amour de la même manière que la nuit précédant ton départ, répliqua-t-il sur le même ton posé.

Elle se redressa, stupéfaite.

— Tu partais le lendemain matin en voyage d'affaires. Je savais que je ne te verrais pas pendant plusieurs jours…

Lucas s'assit au bord du lit.

— Et ces jours se sont transformés en semaines, en mois, en années… Je ne risque pas de l'oublier.

— La situation n'est plus du tout la même aujourd'hui ! Je t'assure que je n'ai pas l'intention de te quitter.

Il la considéra attentivement, puis il haussa les épaules.

— J'espère.

Il se leva, s'étira, puis se dirigea vers la salle de bains. Sur le seuil il s'immobilisa et regarda par-dessus son épaule.

— Parce que c'est très éprouvant d'aimer quelqu'un capable de disparaître du jour au lendemain, ajouta-t-il avant de disparaître.

Abasourdie, Sofie resta clouée sur place pendant un instant. Puis elle bondit de son fauteuil et se précipita dans la salle de bains. Lucas entrait sous la douche, mais pour une fois, elle ne se laissa pas distraire par son corps athlétique.

— Qu'est-ce que tu racontes ? Tu ne m'aimes pas !

Il eut une moue de dérision.

— C'est ce que tu crois ? répondit-il avant de fermer la porte de la cabine de douche.

Avait-elle bien entendu ? Elle traversa la pièce à grands pas et rouvrit la porte en chassant la buée de la main.

— Si c'est une plaisanterie, je te signale que je ne la trouve pas drôle ! Tu m'as dit que tu avais cessé de m'aimer il y a des années !

Lucas cessa de se savonner.

— C'est ce que j'aurais dû faire. Mais je n'ai pas pu. La vérité, c'est que je t'aime, *cara*. Je t'ai toujours aimée et je t'aimerai toujours. Maintenant, si ça ne te dérange pas, je voudrais me laver tranquillement.

Sur ces mots, il referma la porte.

Sofie se mit à arpenter la pièce comme un fauve en cage. Bien sûr, elle était ravie de l'entendre dire qu'il l'aimait… Mais pouvait-elle le croire ? Lui accorder sa confiance ?

L'eau s'arrêta de couler et la porte de la douche se rouvrit.

— Encore là ? ironisa Lucas en prenant une serviette pour se sécher, avant de la draper autour de ses hanches. Qu'est-ce qui te tracasse, *cara* ? Pourquoi ne t'aimerais-je pas ?

Ses mains tremblaient, constata-t-elle en se hâtant de les enfoncer dans les poches de son peignoir.

— Parce que je t'ai quitté. Parce que je t'ai caché l'existence de Tom. Je sais que tu n'es pas sincère, alors reconnais-le !

— Impossible.

Il se planta devant elle, les mains sur les hanches.

— Et maintenant, que vas-tu faire ?

Désemparée, elle resta silencieuse. Il était si tentant de le croire… Mais elle ne pouvait pas. Elle ne supporterait pas une nouvelle trahison…

— Ce n'est pas drôle ! s'exclama-t-elle en le foudroyant du regard.

— Tu m'as vu rire ?

Pivotant sur elle-même, elle regagna la chambre en murmurant :

— Il faut que je m'habille.

— Tu sais ce qui me ferait plaisir ? demanda-t-il en la suivant.

— Non !

— Que tu me dises la même chose.

Elle se tourna vers lui, interloquée.

— La même chose ?

— Que tu m'aimes aussi.

Elle déglutit péniblement, la peur au ventre. Autrefois elle lui avait dit qu'elle l'aimait et ça ne l'avait pas empêché de la tromper. Et s'il recommençait ? Elle ne pouvait pas prendre ce risque.

— Je ne peux pas ! lança-t-elle d'un ton brusque en fouillant dans un tiroir sans avoir la moindre idée de ce qu'elle y cherchait.

— Tu ne peux pas, *cara* ? C'est curieux. Pourtant, tu as gardé ton alliance. Tom m'a dit que tu avais une photo de nous deux dans ton portefeuille… Tu as choisi de lui donner mon prénom. Et tu voudrais me faire croire que tu ne ressens rien pour moi ? Avoue la vérité, Sofie. Dis-moi que tu m'aimes.

Submergée par une vague d'angoisse et de colère mêlées, elle rejeta dans le tiroir les vêtements qu'elle y avait pris.

— Tais-toi ! cria-t-elle en serrant les poings. Je ne peux pas ! Tu comprends ça ? Je ne peux pas !

Il la rejoignit et la prit par les épaules.

— Pourquoi ?

Les yeux noyés de larmes, elle répondit dans un souffle :

— Parce que j'ai peur.

Il plissa le front.

— Peur de quoi ?

Elle secoua la tête.

— De rien… Rien du tout ! Oublie ce que je viens de dire.

Il la lâcha avec un soupir exaspéré.

— Ce que tu peux être pénible !

Le cœur serré, elle le regarda prendre des vêtements et s'habiller. Quelle cruelle ironie… Elle aurait dû être heureuse de savoir qu'il l'aimait. Malheureusement, ses doutes l'en empêchaient.

— Je suis désolée.

Il haussa les épaules.

— Ce n'est pas grave. On ne peut pas gagner à tous les coups. Je vais aller voir Tom pendant que tu t'habilles. Nous te rejoindrons sur la terrasse pour le petit déjeuner.

A sa grande surprise, il déposa un baiser furtif sur ses lèvres avant de quitter la pièce.

Dès qu'il eut disparu, elle dut s'asseoir sur le lit, soudain privée de toutes ses forces. Pourquoi lui avait-il dit qu'il l'aimait ? C'était tellement plus facile quand elle croyait le contraire… Elle n'était pas hantée par la crainte qu'il la trahisse de nouveau. N'attendant rien d'autre de lui que du désir, elle ne risquait pas d'être déçue. Malheureusement, son aveu avait ravivé toutes ses angoisses. Elle était incapable de lui avouer son amour. C'était au-dessus de ses forces…

Elle prit une profonde inspiration. Du calme. Pas question de manifester la moindre anxiété pendant le petit déjeuner…

Un quart d'heure plus tard, vêtue d'un short et d'un T-shirt à fines bretelles, elle arriva sur la terrasse avec un visage serein.

Puis, après le petit déjeuner, Lucas annonça qu'il devait travailler et elle emmena Tom à la piscine. Assise sur le bord du bassin, elle le regarda barboter dans l'eau avec ses brassards. Tout joyeux, il l'éclaboussait à qui mieux mieux en riant et en ne cessant pas de jacasser. Un vrai moulin à paroles… Au bout de deux heures, elle le fit sortir de l'eau et ils jouèrent au ballon. Puis il commença à avoir faim et il accepta avec enthousiasme d'aller déjeuner.

Au moment où ils arrivaient sur la terrasse, Eleanor sortit de la maison, manifestement perturbée.

— Que se passe-t-il ? demanda Sofie.

La vieille dame se tordit les mains.

— Oh, sûrement rien de grave. Je suis sûre que tout va bien. Ça fait seulement un quart d'heure… Mais la corniche est si dangereuse…

— Si nous nous asseyions pour que vous m'expliquiez tranquillement ce qui se passe ? suggéra Sofie, de plus en plus perplexe.

Manifestement soulagée de pouvoir se confier, Eleanor reprit la parole à peine assise.

— Un homme a sonné au portail. Il était affolé. Son chien était tombé dans le vide et il avait besoin d'aide. Naturellement, je suis allée chercher Lucas. Il a pris une corde et il est parti en voiture avec lui.

Un horrible pressentiment assaillit Sofie.

— C'était quelqu'un de la région ?

— Non, un Anglais. Il a dit qu'il était en vacances. Pour être très honnête, il avait un air bizarre qui m'a mise mal à l'aise. Quelque chose dans le regard…

Sofie déglutit péniblement.

— Etait-il à peu près de ma taille ? Brun, les cheveux courts et les yeux gris ?

Eleanor ouvrit de grands yeux.

— Oui… Vous le connaissez ?

Si elle le connaissait ? C'était sûrement Gary Benson ! Sofie sentit la panique la gagner. Que mijotait-il ? Cette histoire de chien était plus que suspecte… Il fallait absolument qu'elle aille voir ce qu'il faisait avec Lucas !

— Oui, je pense. Eleanor, pouvez-vous vous occuper de Tom pendant mon absence ? demanda-t-elle en s'efforçant de masquer son angoisse. Je vais rejoindre Lucas. Vous savez où il met les clés de sa voiture ?

Eleanor ne perdit pas de temps à demander des explications.

— Il doit les garder sur lui. Prenez la mienne. Les clés sont sur la console dans le hall.

Sofie se leva.

— Tom, reste avec mamie et sois sage, d'accord ?

— D'accord, maman, répondit-il en plissant le front.

Elle lui adressa un sourire rassurant.

— Ne t'inquiète pas. Je n'en ai pas pour longtemps. Je vais juste chercher papa.

Sans perdre une seconde de plus, elle se précipita dans la maison, trouva les clés dans le hall et ressortit. La voiture d'Eleanor était petite, constata-t-elle avec soulagement. Ce serait la première fois qu'elle conduirait à droite, et en plus sur une route en lacets… « Que mijotes-tu, Gary ? » se répéta-t-elle avec angoisse en prenant la direction que lui avait indiquée Eleanor.

Au bout d'un moment qui lui parut interminable, elle vit deux hommes à la sortie d'un virage, à quelques mètres d'une voiture garée sur une petite esplanade, au bord du précipice. Lucas était en train de préparer une corde, tandis que Gary faisait de grands gestes, penché en avant. Elle crut que son cœur allait cesser de battre. Lucas n'avait tout de même pas l'intention de descendre ?

Elle se gara en toute hâte et bondit de son siège.

— Lucas, écarte-toi du bord !

Gary se tourna vers elle, manifestement très contrarié par son arrivée.

— Tout va bien, *cara* ! répondit Lucas. Ne t'inquiète pas. J'ai déjà fait de l'escalade. Le chien de ce monsieur est tombé. Il y a une saillie dans la roche, un peu plus bas. Il est probablement là. J'en ai pour une minute.

— Peut-être, mais il faut que tu saches quelque chose. Gary n'a pas de chien, n'est-ce pas, Gary ?

Gary tressaillit. Simultanément, Lucas se redressa et lâcha la corde.

— Quoi ? Qui est cet homme ?

— Il s'appelle Gary Benson, répondit Sofie en avançant vers lui. Il me harcèle depuis des années. Chaque fois que je pense en être débarrassée, il refait son apparition. C'est un véritable cauchemar.

— C'est lui que tu as rencontré au marché hier ?

Sofie eut à peine le temps de hocher la tête. Gary s'avança vers elle en tremblant de rage.

— Comment peux-tu me faire ça, Sofie ? Je t'aime ! Je t'ai envoyé les photos pour que tu le quittes. Tu ne peux pas l'aimer !

— C'est toi qui m'as envoyé les photos ? s'exclama-t-elle, effarée. Oh, mon Dieu ! Je ne m'en suis pas doutée un seul instant !

— Quelles photos ? intervint Lucas.

Gary éclata d'un rire hystérique.

— Des photos de vous avec une autre femme ! Pour lui ouvrir les yeux ! Quand elle vous a quitté j'ai cru que j'avais réussi, mais elle a disparu et ensuite elle a fini par retourner avec vous ! C'est ridicule ! C'est moi qu'elle aime !

Sofie secoua la tête, atterrée.

— Tu es complètement malade ! Pourquoi as-tu attiré Lucas ici ?

— Si je ne me trompe pas, *amore,* il avait l'intention de me pousser dans le vide, déclara ce dernier avec une moue de dérision.

Gary ne chercha même pas à nier.

— Oui, et j'aurais réussi si elle ne s'en était pas mêlée !

Lucas tendit la main à Sofie.

— Je crois que nous ferions mieux de nous en aller, *cara*.

Au moment où elle s'apprêtait à prendre la main qu'il lui offrait, elle vit les yeux de Lucas s'écarquiller et elle sentit un bras se refermer autour de sa taille, lui bloquant la respiration.

— Non ! Si elle ne veut pas être à moi, elle ne sera pas à vous non plus ! hurla Gary.

Elle se sentit entraînée vers le bord du précipice, puis elle tomba et roula à terre, Gary agrippé à sa taille. Un cri de terreur retentit et elle se sentit basculer dans le vide.

Avait-elle vraiment crié le prénom de Lucas ou bien l'avait-elle juste pensé ? se demanda-t-elle lorsque deux mains puissantes se refermèrent autour de ses poignets, l'empêchant d'être entraînée par le poids de Gary. Elle sentit ce dernier s'agiter frénétiquement, puis soudain plus rien. Au moment où Lucas la tirait vers lui, un cri perçant retentit, suivi quelques secondes plus tard par un silence sinistre.

Sofie se jeta dans les bras de Lucas en tremblant de tous ses membres. Il la serra contre lui à l'étouffer.

— Tu ne sais pas qu'il ne faut jamais suivre les inconnus ? s'écria-t-elle d'une voix étranglée.

— Dire qu'il aurait pu te tuer ! Heureusement, il n'a réussi qu'à se tuer lui-même.

Elle tressaillit.

— Il est mort ?

— Personne ne peut survivre à une chute pareille, confirma-t-il en fermant les yeux. Pendant un instant, j'ai bien cru que je n'arriverais pas à te retenir.

La voix de Lucas tremblait et des larmes perlaient à ses

paupières fermées, constata Sofie, le cœur serré. Elle déposa un baiser sur chacune d'elles.

— Mais tu as réussi. Tu m'as sauvé la vie.

Rouvrant les yeux, il lui sourit.

— Dieu merci !

Lui prenant le visage à deux mains, il plongea son regard dans le sien.

— Si tu étais tombée, je t'aurais suivie. Je ne pourrais plus vivre sans toi, *amore*.

Les yeux noyés de larmes, elle laissa échapper un soupir tremblant.

— Moi non plus, je ne pourrais plus vivre sans toi. Je t'aime, Lucas.

Comme ces mots étaient faciles à prononcer, tout à coup !

Le visage de Lucas s'éclaira et il laissa échapper un petit rire.

— C'est une excellente nouvelle ! Même si ce n'est sans doute pas le moment idéal pour une déclaration… Je meurs d'envie de t'embrasser mais je crois que nous allons bientôt avoir de la compagnie, ajouta-t-il alors que le hurlement d'une sirène se rapprochait.

Un motocycliste qui était passé par là quelques instants plus tôt avait été témoin de la scène et avait téléphoné à la police. Au cours des heures suivantes, Lucas et Sofie durent répondre à de nombreuses questions, mais finalement ils furent autorisés à rentrer chez eux. Lucas avait téléphoné à sa grand-mère pour la rassurer et Tom les attendait derrière le portail.

— Maman ! Papa ! Vous avez entendu les voitures de police ?

— Oui, répondit Lucas en le prenant dans ses bras. Il y a eu un accident sur la route.

— Est-ce que le monsieur a retrouvé son chien ?

Sofie écarta une mèche de cheveux qui tombait sur les yeux de Tom.

— Le chien va très bien, mon chéri. Tout va très bien.

Puis elle se tourna vers Eleanor.

— Ça ne vous dérange pas de rester avec Tom encore quelques instants ? Je voudrais parler à Lucas.

— Pas du tout, répondit la vieille dame avec empressement. Nous avons une nouvelle piste de course en chantier. Viens, Tom. Elle va être encore plus super que la première.

Lucas reposa son fils par terre et le petit garçon partit avec son arrière-grand-mère en sautillant.

— Allons dans le jardin, proposa Sofie, une fois seule avec Lucas.

Ils firent quelques pas, puis s'assirent sur un banc.

— Pourquoi ne m'as-tu pas parlé de ce… Gary ? demanda-t-il.

— Parce que je pensais être débarrassée de lui. Il m'avait harcelée pendant des années, mais au moment de notre mariage, il ne s'était plus manifesté depuis longtemps. Jusqu'au jour où je l'ai vu sur un des clichés de la cérémonie.

Sofie raconta à Lucas sa brève discussion avec Gary Benson ce même jour et la façon dont elle l'avait renvoyé.

— Je ne l'avais jamais vu aussi furieux et je pensais qu'il avait enfin compris.

Elle fit une pause avant de poursuivre :

— Et puis quelques jours plus tard, les photos sont arrivées.

— Des photos de moi en compagnie d'une femme ?

Elle hocha la tête.

— L'idée ne m'a pas effleurée un seul instant que ça pouvait venir de lui. Quelle idiote ! J'ai cru que c'était quelqu'un de ton travail qui avait une dent contre toi.

Elle plongea son regard dans le sien.

— Je ne voulais pas y croire.

— Alors pourquoi es-tu partie ? Parce que je suppose que c'est ça, la raison de ton départ. Pourquoi ne m'en as-tu pas parlé, *cara* ?

— Justement, j'ai voulu le faire ! Je t'ai téléphoné. A l'hôtel, au milieu de la nuit pour toi. Or c'est une femme qui m'a répondu. Elle t'a appelé… Elle semblait te connaître très bien… Alors j'ai raccroché, anéantie. Et j'ai décidé de m'en aller. Je ne pouvais pas continuer à vivre avec un homme infidèle. Même si je l'aimais…

— C'était toi au téléphone ? s'exclama Lucas, visiblement stupéfait. Nous avons cru que c'était une blague !

Le cœur de Sofie se serra douloureusement.

— « Nous » ?

— Mon cousin et sa femme étaient avec moi, cette nuit-là. Ils n'avaient pas pu venir au mariage, mais quand ils ont su que j'étais de passage dans leur région ils ont tenu à dîner avec moi. Ils ont passé la nuit dans ma suite. Je leur ai laissé la chambre et j'ai dormi sur le canapé dans le salon. C'est la femme de mon cousin qui t'a répondu, *cara*. Et si tu n'avais pas raccroché, je te l'aurais expliqué.

Sofie fut envahie par un grand froid. Elle avait quitté Lucas pour un malentendu…

— Oh, mon Dieu ! Dire que j'ai cru… J'ai vraiment cru… J'aurais dû te faire confiance…

Lucas la prit dans ses bras.

— Tu as vraiment cru que je t'avais trompée ?

Elle poussa un profond soupir.

— C'est encore à cause de Gary Benson. Quand je l'ai rencontré à l'université, je l'ai trouvé charmant. Mais très vite, il a transformé ma vie en enfer. Je me suis rendu compte que je m'étais complètement trompée à son sujet et ça m'a traumatisée. Je suis devenue incapable de faire confiance aux hommes. Je ne pouvais pas m'empêcher de penser qu'ils finiraient tous par me décevoir, comme Gary. Jusqu'à ce que je te rencontre… Avec toi, j'ai réappris peu à peu à accorder ma confiance. Mais j'étais encore fragile. Et lorsque j'ai reçu les photos, elles ont tout réduit à néant. Alors imagine ce que j'ai pu ressentir quand j'ai entendu une femme répondre tandis que je t'appelais dans ta chambre d'hôtel au milieu de la nuit ! J'étais certaine que… que tu me trompais.

Lucas la serra tendrement contre lui.

— Maintenant je comprends ta réaction, *amore.* D'où venaient ces photos ? J'ai fréquenté beaucoup de femmes avant de te rencontrer, je ne m'en suis jamais caché. Mais pas une seule depuis. Qui était cette femme et comment ce Gary Benson a mis la main sur ces photos ? Je n'en ai aucune idée.

— Comme je regrette aujourd'hui d'être partie sans un mot !

— Les regrets sont inutiles. A présent, il faut oublier le passé et croire en notre amour. Je te promets solennellement de ne jamais trahir ta confiance, *cara.* Je t'ai toujours aimée et je t'aimerai toujours.

Sofie noua les bras autour du cou de Lucas.

— Moi aussi je t'aimerai toujours. Je n'ai jamais cessé de t'aimer, même quand je te croyais infidèle. Mais je ne sais pas comment tu peux me pardonner de nous avoir fait vivre six ans de malheur !

— C'est très facile, puisque je t'aime. Plus personne ne peut nous faire de mal. Nous sommes libres de vivre comme nous le voulons. Et tu sais ce que je veux ?

— Dis-le-moi.

— Je veux passer le reste de ma vie avec toi.

— Et avec Tom aussi ?

Ils rirent en chœur.

— Tom et tous ses frères et sœurs.

Elle écarquilla les yeux.

— Combien envisages-tu de lui en faire ?

Il eut le sourire irrésistible qu'elle aimait tant.

— Oh, je ne sais pas… Trois. Ou peut-être cinq. L'essentiel, c'est d'arriver à un nombre pair. Qu'en penses-tu ?

Le rire joyeux de Sofie résonna dans le jardin.

— Autant que tu veux, Lucas Antonetti !

L'HÉRITIÈRE PERDUE DES ROSSINI, Emma Darcy • *N°2931*

Secrets de famille

Dante Rossini n'a pas le choix : s'il veut offrir à son grand-père, qu'il aime tendrement, un dernier bonheur avant que la maladie ne l'emporte, il doit retrouver sa cousine, Bella. Une jeune femme dont personne dans la famille ne connaissait l'existence, et qu'il va devoir ramener à Capri...

RENDEZ-VOUS AVEC LA PASSION, Robyn Donald • *N°2932*

Troublée, Fleur écoute l'étonnante proposition de Luke Chapman, l'homme qui l'a recueillie chez lui après qu'elle a fait un malaise sur une petite route de l'île de Fala'isi, où elle passait des vacances. Puisqu'elle n'a plus nulle part où aller, Luke lui offre de rester chez lui. En échange, il lui demande un service : elle devra se faire passer pour sa fiancée...

UN BOULEVERSANT MENSONGE, Penny Jordan • *N°2933*

- La saga des Leopardi -

DEUXIÈME PARTIE

Désemparée, Léonora comprend que si elle veut éviter la prison à son frère, elle va devoir accepter l'ignoble chantage d'Alessandro Leopardi : faire croire à tous qu'elle est sa maîtresse, et l'accompagner en Sicile pour une grande fête familiale...

UN DÉSIR INOUBLIABLE, Kate Walker • *N°2934*

Après avoir été rejetée sans pitié par Vito Corsentino, Emily sait qu'elle va devoir élever seule son bébé à naître. Qu'attendre d'un homme qui la prend pour une créature dépravée ? Mais quand Vito apprend qu'elle est enceinte de cinq mois, il exige qu'elle l'épouse...

LA VENGEANCE D'UN HOMME D'AFFAIRES, Miranda Lee • *N°2935*

- Trilogie -

PREMIÈRE PARTIE

Pour venger son père ruiné et acculé au suicide par la faute d'Alistair Power, un banquier peu scrupuleux, Russel est prêt à tout. Même à séduire la fille de son ennemi. Mais alors qu'il pensait rencontrer une créature égoïste est superficielle, il découvre une jeune femme dont la beauté et la sensibilité le bouleversent....

Attention, numérotation des livres pour le Canada différente : numéros 1541 à 1547

www.harlequin.fr

Best-Sellers n°392 • roman

Des roses pour Rebecca - Margaret Kaine

Lorsque Ian et Rebecca s'étaient rencontrés, tout les séparait. Pourtant, entre eux, le coup de foudre avait été immédiat. Rebecca aimait à se rappeler comment il lui avait fait découvrir la sensualité et le plaisir d'être femme, un plaisir duquel un enfant allait naître. Et voilà qu'aujourd'hui, alors qu'elle venait lui annoncer cette merveilleuse nouvelle, tout s'écroulait autour d'elle : disparu dans un accident, Ian ne verrait jamais grandir la petite fille qu'elle portait en elle. Désormais seule au monde, Rebecca va devoir réapprendre le goût de la vie et de l'amour…

Best-Sellers n°393 • suspense

Visions - Lisa Jackson

Terrorisée par le cauchemar d'une scène de meurtre si réaliste que son sang se glace, Olivia Benchet est certaine que le crime qu'elle a vu est réel. Une certitude qui l'incite à aller trouver le célèbre inspecteur Rick Bentz, un homme solitaire et secret dont elle gagne peu à peu la confiance. Mais malgré l'aide et la protection de Bentz, Olivia doit affronter seule les visions qui continuent de la terrifier, tout en lui révélant peu à peu des indices sur l'assassin.

Best-Sellers n°394 • thriller

Mort sur la ville - Alex Kava

Piégés par l'auteur d'une mystérieuse missive, le profileur Maggie O'Dell et son patron Cunningham, tous deux agents du FBI, se retrouvent en contact avec une fillette de 4 ans et sa mère en proie à une violente fièvre hémorragique. Au même moment, des enveloppes sont adressées à des personnes apparemment sans lien entre elles et qui développent par la suite des symptômes alarmants. Une véritable course contre la montre s'engage pour Maggie et son équipier Tully, afin d'enrayer la propagation fulgurante d'une arme de mort incontrôlable.

Best-Sellers n°395 • suspense

L'héritage maudit - Heather Graham

A peine arrivé à La Nouvelle-Orléans dans la plantation dont il a hérité, le détective privé Aidan Flynn trouve des ossements humains. Des crimes récents, selon Aidan. Rien de bien intéressant, selon la police. Décidé à percer seul ce mystère, il fait appel à Kendall Montgomery, une jeune femme qui affirme non seulement être dotée de visions prémonitoires, mais aussi être en contact avec les fantômes qui hantent la propriété. Car Aidan soupçonne qu'en plus de cette demeure, il a également hérité d'un sombre secret de famille.

Best-Sellers n°396 • roman

Le temps des promesses - Emilie Richards

Rongée par le remords d'avoir jadis abandonné Kendra, sa sœur aînée, Jamie se rend au cœur de Shenandoah Valley pour offrir à sa sœur ce qu'elle estime lui devoir depuis longtemps. Grâce à ses talents d'architecte, elle dessine à Kendra la maison que celle-ci a toujours voulue. Mais ce n'est pas seulement pour l'aider à bâtir ce rêve que Jamie est revenue. C'est aussi pour offrir à Kendra un cadeau inestimable : celui d'un enfant. L'enfant que Kendra et son mari Isaac désirent de tout leur cœur mais ne peuvent concevoir.

Best-Sellers n°397 • historique

Un palais sous la neige - Rosemary Rogers

Angleterre et Russie, 1820

Pour échapper à un beau-père qui veut la mettre dans son lit, Brianna Quinn espère l'aide du duc de Huntley, son tuteur et ami d'enfance. Mais, à la place de ce dernier, c'est son jumeau, Edmond Summerville, qui lui offre sa protection… Brianna accepte bien malgré elle, car Edmond est tout l'opposé de son frère : débauché et séducteur. On raconte même qu'il est un homme de main du Tsar. Aussi, lorsqu'il décide de l'emmener en Russie avec lui, Brianna est-elle soudain prise d'angoisse : auprès d'un tel homme, sa vertu et sa vie sont plus que jamais en danger…

BestSellers

Best-Sellers n°398 • suspense

L'ultime refuge - Nora Roberts

Depuis qu'un inconnu lui envoie des photos inquiétantes sur lesquelles elle croit se reconnaître, Jo Hathaway vit en permanence dans la terreur. Une terreur qui monte encore d'un cran le jour où elle s'aperçoit que l'un des clichés ne la représente pas elle, mais sa mère, Annabelle, disparue vingt ans plus tôt sans laisser de traces... Peu après, la photo est subtilisée dans son appartement. Sans preuve à fournir à la police, et épuisée par la tension et la peur, Jo se réfugie alors dans la maison familiale, sur une île au large de la Géorgie. Là, espère-t-elle, elle sera en sécurité. Mais Jo pourrait bien avoir trouvé là son dernier refuge...